U0013386
御雷神 Mikaduchi
OSO最大公會【八百萬神】的會長，
正在為遠征地下溪谷一事進行籌備。
賽伊 Sei
精通水屬性魔法的強悍魔法使，以水靜魔女
這個稱號廣為人知的【八百萬神】副會長。
Only Sense Online
絕對神境
14

「果然任何事情都難不倒云姐！」
「云姐是大病初癒，不可以這麼勉強人家啦。」
萊娜 Lyna
隸屬於【新綠之風】公會的新手玩家，與雙胞胎弟弟・阿爾的搭檔，是個槍術使。
阿爾 Alphard
隸屬於【新綠之風】公會的新手玩家，經常被雙胞胎姊姊・萊娜牽著鼻子到處跑的魔法使。
「那就來，跟我交易吧？」
「那我就承蒙小云的好意囉，謝謝。」
云 Yun
經營【加油工坊】的生產系玩家，
正在努力蒐集
生成領域的道具・【紋章】！

「我們就兵分兩路去收集【隕星礦石的碎片】吧。」
「只有這裡保留了古代的生態系，想想還真厲害耶。」
露嘉特 Lucato
繆小隊的指揮官，個性沉著冷靜，秉持穩紮穩打的攻略方式。
希諾 Hino
操使長槍及大鎚的力量型玩家，雖說是隊伍裡的開心果，卻意外地有著現實主義的一面。
【紋章】系統重新回歸！

『憑你這種狀態也敢來挑戰最強的自己？難道是來送死的嗎？』
「看著其他人用自己的臉和聲音說話，這感覺還真怪耶。」

Presented by Aloha Zachou
Illustration by Yukisan
作者 アロハ座長
繪者 ゆきさ
Only Sense
絕對神境
Online
14

Only Sense Online

紋章與復出的地城

Only Sense Online 絕對神境 14

Only Sense Online Area Map

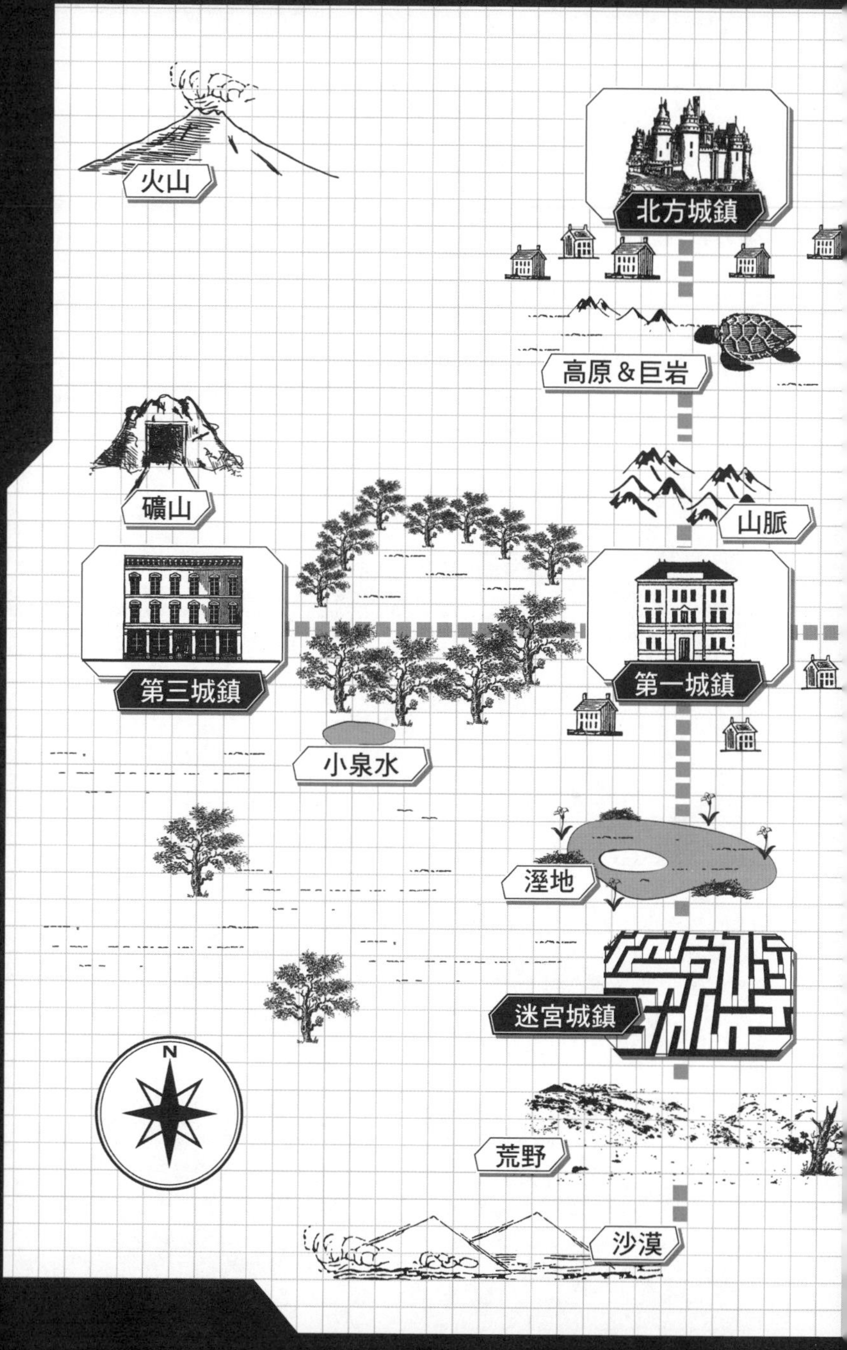
火山
北方城鎮
高原&巨岩
礦山
山脈
第三城鎮
第一城鎮
小泉水
溼地
迷宮城鎮
N
荒野
沙漠

云 Yun

選了最差天賦【弓】的新手玩家。做為一名初出茅廬的生產職玩家，他開始發覺附加魔法與道具生產所蘊含的可能性——

繆 Myu

云在現實生活的妹妹。使用單手劍與光魔法的超前鋒型聖騎士。在公測版被譽為傳說的外掛級玩家

瑪琦 Magi

玩家間相當知名的武器商人，同時也是頂尖生產職玩家之一。做為云的前輩，常給予他可靠的建議

賽伊 Sei

云在現實生活的姊姊。從公測便開始遊玩的最強法師。以水屬性為主，可使出各種等級的魔法

塔克 Taku

邀請云遊玩ＯＳＯ的始作俑者。裝備單手劍與輕裝鎧甲的劍士，是名只顧著攻略的重度玩家

庫洛德 Cloude

裁縫師，頂尖生產職玩家之一，為販售服飾系裝備的店主。負責生產云以及瑪琦身上的庫洛德系列裝備

利利 Lyly

頂尖生產職玩家之一，手腕一流的木工師傅。自行生產的法杖或弓等裝備在多數玩家中具有相當人氣

序章　森林的血命酒與紅酒凍

這天，我盼望許久的東西終於送來【加油工坊】。

為了有時間仔細閱讀，因此我不僅是現實中的外務，就連絕對神境裡的事情也提前處理完畢了。

當我完成藥水的製作與交貨，以及利利委託我製作的祕銀合金鉚釘之後，我便收到該物。

「這是——【趣味道具全集】！」

「是的，瑪琦小姐在簽收完我送去的藥水後，就委託我把這個送來給您。」

負責送貨的NPC京子小姐說完後，將一本書遞給我。

我曾針對CP值太差的作廢道具該如何利用及公開配方一事，找瑪琦小姐商量過，後來便邀請其他生產職業的玩家們共襄盛舉，攜手完成這本書。

在瑪琦小姐等人所屬的【生產公會】主導之下，最終完成這本名為【趣味道具全集】的書籍。

這本書裡記載著生產系玩家們至今所做的各種低效率作廢道具、在絕對神境內流通的趣味道具，以及讓生產職業者們不再受世人輕視之方便道具的相關配方。

「喔～!?我做的魔法藥配方有刊登在裡面！而且還有其他人發現的配方！」

我粗略地翻閱一下內容，裡頭有許多勾起我生產慾望的道具配方。

其中又以【調合】系的魔法藥配方、【工藝品】系的零件配方，以及【料理】系的美食配方最吸引我。

「云店長，那我先回去顧店了，您接下來有何安排？」

「我會待在工作室裡立刻嘗試書裡的配方！」

「好的，我明白了，那我去幫您泡茶。」

語畢，京子小姐對我露出一個甜美的笑容。

在聽見京子小姐會幫我泡茶後，我便決定先來嘗試食物系的配方。

「我看看喔，首先要做哪個食物……喔、是用藍色吉利丁製成的凍類甜點耶～真令人懷念呢。」

我在書裡發現堪稱是我的原點，使用藍色吉利丁製作的料理配方。

所謂的藍色吉利丁，是透過生產技能將藍色史萊姆的掉落物加工而成的食材道具。

只要添加砂糖、水果或喜歡的果汁進去，經過冷藏後就能輕易完成各式各樣的凍類甜點。

「要做加入大量砂糖的偏甜蘋果茶凍嗎？還是放入大量切片水果的綜合果凍？咖啡凍與汽水凍也不失為是個好選擇。」

順帶一提，關於小蘇打的取得方式，原來可以直接向城鎮裡的ＮＰＣ購買，在配方旁還有附上店家所在位置的地圖。

「啊～【加油工坊】裡已沒有咖啡粉的存貨，至於小蘇打也得去添購才行耶～」

難得有這樣的機會，乾脆製作一些平常沒做過的凍類甜點算了。如此心想的我繼續翻閱。

就在這時，我注意到下一頁裡所寫的凍類配方。

「啊，後面也是凍類甜點的配方……這該不會是……紅酒凍？」

紅酒的香氣與口味是屬於成人的味道，再加上內含各種切片水果的外觀著實是非常漂亮——上述介紹吸住了我的目光。

因為我還未成年，對酒是有點抗拒感，不過紅酒在此料理中主要是用來添加顏色，用量並沒有多到會令人介意的程度。

「至於水果……手邊還剩下一些【寒山葡萄】跟【王花櫻桃】。」

名為【寒山葡萄】的水果食材道具，是能讓人暫時提升【混亂】與【憤怒】的異常狀態抗性。

至於【王花櫻桃】，是名為【王花櫻】的樹木每隔四天長出綠葉時，才會結果的食材道具。

「老實說，把這些食材用在其他地方應該會比較好吧～」

四天才能夠採收一次的【王花櫻桃】，若是在製造異常狀態恢復藥時追加添入的話，效果能再提升兩階。

比方說追加在具有【解毒3】效果的藥水裡就會變成【解毒5】，假如添加於【解毒4】的藥水之中，就會升階成為【解猛毒1】的異常狀態恢復藥。

這類高階異常狀態恢復藥在解除低階異常狀態時，還能讓服用者暫時提升抗性，並且可以用來化解高階異常狀態。

原本應該用來當成製造這類藥水的素材——

「嗯，還是來製作紅酒凍吧。」

但我也挺好奇使用稀有水果系道具會製造出什麼東西，於是決定來嘗試看看。

另外看見紅酒二字，我恰好也有想測試的道具。

「因為我還未成年無法飲酒，不過紅酒凍的話就可以親自確認了。」

語畢，我從放有大量瓶罐的工作室櫃子裡，取出裝有鮮紅色液體的瓶子。

森林血命酒【消耗品】

MP＋5%、ATK＋10、DEF－10／20分鐘

這是利用藥祕草、魂魄草、生命水、活力樹的果實、寒山葡萄，以特定比例調合而成的酒。

而且把調合好的素材倒入木桶後，在【森林血命酒】完成前的數天內，都必須請京子小姐定時幫忙攪拌才行。

倘若將比例加以調整的話，就可以製造出能修復MOB之生物素材的

【細胞培養液】、種植藥草時需要的【植物營養劑】，以及栽培各種菇類的好幫手【菌類營養劑】等道具，工作室的櫃子裡就放了幾瓶。

「倘若未成年玩家飲酒，將會被附加【酒醉】的異常狀態，所以我才決定把這東西封存起來，可是酒精在加熱後便會消散，我就可以食用它了。」

於是我馬上使用藍色吉利丁、水、砂糖、水果、檸檬汁和【森林血命酒】來製作紅酒凍。

首先是將藍色吉利丁放進水中泡軟。

我趁著這段期間把【寒山葡萄】的皮剝掉，並將【王花櫻桃】洗乾淨。

在備好紅酒凍要添加的水果後，我把【森林血命酒】、檸檬汁、砂糖和水放入鍋中加熱，令酒精揮發。

「嗯，能聞到一股紅酒香。不過嘛，又有點不太像是紅酒的氣味。」

由於有添加水與檸檬汁，令紅酒的鮮紅色稍微變淡，化成晶瑩剔透的紅色。

「酒精應該都揮發了吧。」

我把火熄掉，停止加熱酒精已經消散的鍋子，接著把泡軟的藍色吉利丁倒入其中攪拌，置於常溫下散熱。

再將備好的水果放入容器裡，把添加吉利丁的紅酒凍也倒進去，然後整個拿去冷藏使其凝固。

「接下來只需冷藏一陣子就好了吧？」

雖然我鮮少製作冰點，但有需要時也會把物品放入【加油工坊】店鋪裡具有保溫和冷藏功能的道具箱內。

這是我買來保存食材用的道具箱，裡頭還裝著附帶耐熱效果的【冰涼飲料】。

「直到它冷卻前，我就先看看其他配方吧。」

我清理完製作工具便回到店鋪，就這麼喝著京子小姐泡給我的茶，同時繼續翻閱【趣味道具全集】。

「啊，配方提供者叫做艾蜜莉歐……是艾蜜莉同學的化名吧。她有提供【細胞培養液】等配方的製作方式和用途。」

【細胞培養液】是使用與製造紅酒凍所添加的【森林血命酒】相同素材製作而成，上頭還有註明這可以用來幫ＭＯＢ的生物素材進行修復或再生。

諸如生產皮甲時，若是失手導致素材品質下降，使用此物即可讓品質復原。

順帶再提一個小技巧，就連ＭＯＢ的骨頭、犄角、牙齒等素材製成的骨類飾品也同樣有效。

備註裡甚至提及若是調整比例，還能製造【植物營養劑】、【菌類營養劑】與【森林血命酒】，留給生產系玩家自行摸索的空間。

「這邊的甜點配方是菲歐露小姐提供的。喔，還有玩家在研究香氛油和香水的配方耶。」

我開始詳讀在庫洛德的【柯姆涅斯提咖啡服飾店】裡擔任甜點師的菲歐露小姐提供的配方，還有陌生女性玩家所開發之香水的配方與效果。

「嗯～香水算是類似於【屬性軟膏】的藥劑嗎～？雖說是挺令人好奇的，但我又不方便在利維或柘榴面前使用這種氣味太重的東西。」

我如此喃喃自語的同時，也開始四處尋找這兩隻使役ＭＯＢ的身影。

結果發現獨角獸利維與空天狐柘榴都在【加油工坊】的藥草田那邊。

因為今天風和日麗，所以牠們都在藥草田裡的桃藤花樹下睡午覺。

就在這時，有一名客人走進【加油工坊】。

「歡迎光臨。咦，御雷神？」

我歪著頭望向難得獨自一人造訪【加油工坊】的御雷神。

「嗨～小妞。」

「就說別叫我小妞啦……不過真難得看妳一個人來這裡耶。」

御雷神是絕對神境第一大公會【八百萬神】的會長，因此她隻身造訪【加油工坊】，令我感到有些不可思議。

畢竟同公會的生產系玩家們都會提供所需的道具，所以她鮮少會來【加油工坊】。

再加上根據以往的經驗，讓人隱約嗅到又有麻煩事找上門的氣味，當我不由得繃緊神經時，御雷神便說出來意。

「你別緊張，我只是來通知【八百萬神】遠征的日期已經敲定了。」

「遠征的日期……所以你們打算前往地下溪谷的另一頭嗎!?」

我聽完御雷神的這番話，忍不住從椅子上站起身來。

在第四城鎮【迷宮城鎮】的南側有一大片荒野，於該處地底下有個名為【尼薩德地下溪谷】的場所，那裡的岔路上立著一面寫有【矮人國度】的看板。

看來他們是制定好遠征此處的計畫。

「真期待能見到矮人耶～比方說發現全新的礦石，或是獲取前所未見的【鍛造】以及【工藝品】等生產配方和加工方法。」

「能讓云小妞你如此期待真是太好了。」

御雷神說完後，忍不住「嘻嘻嘻」地笑出聲來。

「我們【八百萬神】的遠征預計於今日起的一個月後出發，就在黃金週的那段期間。小妞你記得在此之前先強化好裝備和提升戰力啊。」

「唔……果然生產職業的戰力至少得達到最低標準啊。讓別人來保護……應該沒辦法吧。」

如此低語的我，就是個不愛好戰鬥的玩家。

問題是地下溪谷跟之後的洞窟都偏向密閉式空間，無法一次容納太多玩家在裡面。

因此不能像【火山地帶】當時那樣，在大量同伴的保護之下前進，也就更加講求個人的自保能力。

「在小妞你感到不安之前，記得還沒檢驗完你家那些使役ＭＯＢ的能力吧？」

我順著御雷神望向窗外的目光，看著正在外頭睡午覺的利維和柘榴。

「我確實因為不太想讓利維與柘榴參加戰鬥，才尚未清楚確認過牠們的強度和能力。」

「對吧？我認為你先確認完再煩惱戰力一事也不遲喔。」

聽完御雷神的建議，我摸著下巴陷入沉思。

確實我到現在還沒有弄清楚自己的能力範圍以及不足之處。

等我詳細檢驗完利維跟柘榴的能力以後，再思考自己應該提升哪方面的天賦與輔助道具或許會更有效率。

「另外這次是遠征，小妞你可以邀請自己的熟人一起組隊，要不然就是趁現在加入我們【八百萬神】，我們還可以在練功上提供協助。」

「真是的，別一逮到機會就邀我加入公會啦……」

我在發出嘆息的同時，順便賞御雷神一個白眼。她在被我戳破後便促狹一笑。

「那麼，公事的部分就先聊到這裡。話說回來——」

下個瞬間，御雷神換上一個嚴肅的表情。

我因為她的反應而暫時繃緊神經，不過接下來的一句話害得我差點摔倒。

「——屋內好像有一股紅酒香，難道你這裡有酒嗎？」

「…………」

奇怪，明明之前都在聊那麼認真的話題，為何現場氣氛馬上就變得不太正經？

「我在走進來後就不斷聞到一股微微的紅酒香，令我在意不已！」

「……嗯～畢竟有使用【寒山葡萄】，所以算得上是紅酒，但我就只是拿來製作甜點罷了。」

大概是我在工作室內製作紅酒凍，結果產生的香氣飄到店鋪這裡。

「你說製作甜點，實際上究竟是什麼東西呢？」

「我做了紅酒凍。其實我之前曾透過【調合】做出類似紅酒的東西，想說拿來測試看看，妳要嘗嘗嗎？我想應該冷卻得差不多了……」

「好！」

御雷神一口答應後便坐到櫃檯前，我從保冷用道具箱內取出已經冷卻凝固的紅酒凍，然後附上一根湯匙擺在御雷神的面前。

「喔～!?你還是老樣子總會做出這麼華麗的東西。話說它的顏色和我的頭髮一樣耶。」

御雷神捏起一撮自己的紅酒色秀髮，在與紅酒凍比較的同時開心一笑。

接著她端起紅酒凍，從各種角度觀察漂在裡頭的各種水果。

「我在紅酒凍裡加了【寒山葡萄】與【王花櫻桃】。」

「你還是一樣這麼奢侈，居然添加如此稀有的素材。」

大感傻眼而露出微笑的御雷神，定眼確認紅酒凍的狀態欄。

水果紅酒凍【食物】

飽腹度＋15％，追加效果：HP＋5％、ATK＋10、【憤怒抗性3】、【混亂抗性3】／30分鐘

添加【寒山葡萄】與【王花櫻桃】的【森林血命酒】紅酒凍。

可能是紅酒內的酒精成分有全數揮發。

原本附帶的DEF下降效果已經消失，漂於紅酒凍內的【寒山葡萄】則拜【王花櫻桃】所賜，原本提供的異常狀態抗性效果一連提升兩階。

「這效果也太奢侈了吧，根本比一般藥水更為實用。另外吃起來甜甜的非

常美味。」

「畢竟是使用稀有素材製成的。嗯~這滑嫩的口感真好吃。」

御雷神因為這東西在美味之餘還具備強大的追加效果，令她露出一個五味雜陳的表情。我則是瞇起眼睛享受著味道順口的紅酒凍。

由於早期有不少毒料理且效果出色的食物道具相當有限，導致世人對【料理】天賦的評價有些微妙，不過像這樣使用多種稀有素材後，就能獲得強大的功效。

當我跟御雷神吃著紅酒凍時，京子小姐為我們各泡了一杯茶。

於是我把幾顆紅酒凍交給京子小姐。

「這些是京子小姐妳、利維以及柘榴的份，麻煩妳順便拿去給牠們吃。」

京子小姐收下冰涼的紅酒凍後先是稍稍向我一鞠躬，接著往面向藥草田的木製陽臺走去。

她大概是打算先把紅酒凍送去給還在睡午覺的利維與柘榴，之後坐在陽臺那裡慢慢享用吧。

「謝謝招待，真是太美味了。另外追加效果也非常驚人。」

御雷神看完自己的能力值後，深刻體認到吃下紅酒凍所帶來的奇效。

她意猶未盡似地低頭看著紅酒凍的空容器，接著開口詢問我說：

「方便請你透露【森林血命酒】的配方嗎？記得你先前提到是透過【調合】做出來的。」

「妳客氣了，其實這本書裡就有公開相關配方囉。」

語畢，我將剛剛正在閱讀的【趣味道具全集】展示在御雷神的面前後，她不禁顯得相當吃驚。

「這本書裡有寫到嗎？我是有注意到我家公會裡的生產系玩家們在互相傳閱啦。」

「準確說來是與這一頁裡的【細胞培養液】使用相同的素材製成，不過配方比例需要調整。意思是妳家成員們自行研究比例之後，到時就能做出來囉。」

御雷神一聽完我的解釋，狀似相當不滿地咬牙切齒說：

「問題是尚未找出比例前就做不出來啊！我想馬上就喝到它！」

「順帶提醒妳一句，即使成功調合出來，也得經過現實時間三天左右才有辦法完成。」

這東西屬於必須長時間擱置才有辦法生產的道具，一旦掌握調合比例以後，擱置期間原則上全權交由ＮＰＣ負責即可，屬於調合難度偏低的種類——

「不會吧，這也太吊人胃口了。」

這段擱置期間對御雷神而言似乎相當難熬，她忍不住露出相當失望的表情。

「真拿妳沒辦法耶～要不然這樣好了。」

御雷神的模樣著實令人於心不忍，我便將存放於工作室裡的其中一瓶【森林血命酒】拿出來，直接擺在櫃檯上。

「因為我還未成年無法飲酒，所以這一瓶就送給妳。交換條件是妳到時得跟我分享使用心得，這樣如何？」

「真是太感謝你了！云小妞！我這就馬上返回公會，尋找適合它的下酒菜！」

「那個，我想聽的不是這類感想。」

我不由得白了御雷神一眼。其實我是想確認假如這東西的口感和風味都近似於紅酒，將能考慮把它當成調味料用來製作料理。

「那我先回公會了。等我回去之後，就以會長權限要求麾下的生產系玩家們製作【森林血命酒】。」

「良心建議妳別那樣為難自家人啦。」

御雷神以開玩笑的語氣如此說著。

她開心地把【森林血命酒】抱在懷裡，下一秒卻突然換上一個想起什麼事情的神情。

「對了……」

「這次又有什麼事嗎？」

面對御雷神的變化，擔心發生何事的我反射性地緊張起來，但這次只是閒話家常罷了。

「話說絕對神境即將迎來一週年了。」

「一週年？記得正式版是去年七月開放吧？所以應該還得再過三個月喔。」

「你誤會了，是從公測版算起的一週年。當然也能說是準一週年啦。」

「啊～原來如此。」

有聽說公測版是去年四月至六月，為期三個月的開放測試。對於從正式版才加入遊戲的我來說，感覺上這話題離自己非常遙遠。

「聽說是曾經出現在公測版裡，不過到了正式版就移除的某個遊戲系統即將復出喔。」

「復出？」

「相傳是因為風評太差才刪掉。該系統好像是利用湊齊的【紋章】隨機生成供人探索的領域和地城。至於相關內容，你就去請教了解這部分的人吧。」

御雷神狀似很想馬上品嘗【森林血命酒】，在說完後就立刻離開【加油工坊】。

目送御雷神離去的我，對於這個話題就只是抱著姑且聽聽的心態。

直到絕對神境官方捎來【準一週年慶改版公告】的消息之後，我才開始確認相關內容。

不過比起改版，我反而更期待【八百萬神】規劃的遠征行動，因此我認為眼下的重點是要先確認自己、利維以及柘榴的能力。

第一章　附身天賦與輝腐葡萄

這天在登入遊戲後，我帶著成獸化的利維和柘榴來到【戴亞斯樹林】的湖畔邊。

湖畔周圍有樹林、平地、高溼度蕈菇林等各種區域相連在一起。

還會隨著區域差異出沒不同種類的MOB，可以藉此與各式各樣的敵對MOB和地形展開戰鬥。

相信這裡很適合用來檢驗利維跟柘榴的能力、技能組合以及戰術搭配。

「那麼，先從想到的部分開始下手吧。」

語畢，我將妨礙認知的斗篷【夢幻居民】披在身上，開始確認天賦能力。

所持SP（天賦點數）24
【長弓ＬＶ42】【魔弓ＬＶ26】【千里眼ＬＶ26】【識破ＬＶ38】
【魔道ＬＶ33】【大地屬性才能ＬＶ15】【附加術士ＬＶ10】【調教ＬＶ40】
【廚師ＬＶ18】【物理攻擊上升ＬＶ25】【先發制人的心得ＬＶ15】
待裝備
【弓ＬＶ55】【捷足ＬＶ30】【調藥師ＬＶ30】【鍊金ＬＶ47】
【合成ＬＶ46】【雕金ＬＶ40】【生產職業的心得ＬＶ26】【游泳ＬＶ18】
【語言學ＬＶ28】【登山ＬＶ21】【肉體抗性ＬＶ5】【精神抗性ＬＶ4】
【弱點的心得ＬＶ14】【念力ＬＶ8】

我過去是以弓系天賦為主軸來搭配其他天賦，但由於現在都是騎乘利維移動，因此把【捷足】替換成【調教】。

「天賦的裝備數量上限出乎意料地不太夠用。」

我目前穿戴著黃土・創造者和【夢幻居民】等具有【妨礙認知】效果的裝

備在身上。

基於這個原因，敵對MOB不太容易注意到我們。為了有效利用此狀況，我才裝備能為先發攻擊產生傷害加成效果的【先發制人的心得】。其實如果可以的話，我是想再裝備【弱點的心得】。

雖說我以前是會混用一些生產系天賦，不過隨著戰鬥系天賦的種類逐漸增多，現在幾乎只裝備戰鬥系天賦。

至於【廚師】本該歸類為生產系天賦，偏偏我的近戰武器是菜刀，因此我是姑且把它當成武器系天賦來利用。

「那就開打囉……利維先躲好，柘榴則是附在我身上。」

我下達指示後，利維便施展幻術銷聲匿跡。

柘榴立刻跳向我的胸口，順勢進入我體內。

『啾！』

完成附身後，我的頭頂豎起一對狐狸耳朵，背後的腰間處多出柘榴的三條尾巴，並從腦中傳來牠的叫聲。

說起與之前附身的差別，就是披在黃土．創造者上的斗篷【夢幻居民】被柘榴的尾巴從內側往外頂，導致該處鼓鼓的。

「啊～若是柘榴的尾巴不能自由活動，恐怕會對自動防禦的動作造成阻礙，這樣當真沒問題嗎？」

我擔心尾巴進行自動防禦時會直接把斗篷割破，於是扭頭觀察斗篷的隆起處。

看著因柘榴而產生的三條尾巴被局限於斗篷內部難以活動，這下能確定附身後出現的尾巴並不適合與斗篷類裝備一起使用。

「有空得找庫洛德商量看看，拜託他將斗篷的外觀改造成適合與柘榴的附身狀態搭配使用。」

倘若在斗篷中央裁出一個洞，柘榴的尾巴應該就能夠伸到外面了。

『啾～』

「我並沒有責備柘榴你的意思，純粹是很慶幸可以提前確認這點。」

我脫下斗篷後，發現頭頂的狐狸耳朵柔軟地平塌下來，背後的狐狸尾巴則是無力地下垂，令我不由得露出一絲苦笑。

「反正黃土・創造者本身也具備【妨礙認知】效果，讓我在移動時依然不太容易被敵人發現。那就立刻來檢驗戰鬥方面的能力吧。」

我把斗篷收進所持道具欄內，維持著柘榴的附身狀態開始尋找敵對ＭＯ

B。

沒過多久，我便發現棲息於這片樹林區域的狼型MOB・草狼成群結隊地像在巡邏般徘徊著。

一身青草色毛皮的狼在慢慢移動，邊嗅聞地面邊警戒著周圍。

「記得那種MOB擁有【發現】系的能力，要偷襲牠不太容易成功。而且現在還碰上數量最多的五隻……」

我無奈地眉頭深鎖，利維以『要我去打倒牠們嗎？』的眼神望向我。

確實利用幻術銷聲匿跡的利維肯定能輕鬆打倒牠們，但我靜靜地搖頭以對。

「利維你別出手，這場戰鬥是要讓我掌握自身和栢榴的能力。」

『啾！』

腦中傳來栢榴幹勁十足的叫聲，我不禁微微一笑。

我握住黑處女長弓，架起純黑色的【暗殺者箭矢】。

大概是拜黃土・創造者的【妨礙認知】所賜，草狼們還是沒有察覺到我們。

為了讓偷襲能夠成功，我有隱藏好使用技能時的發光特效。

「呼～～」

我在輕輕呼出一口氣的同時射出箭矢，箭矢筆直地穿過樹木之間，刺入其中一隻草狼的側腹部。

『唉嗚！』

那隻草狼伴隨一聲哀號側躺倒地。因為這一擊沒能徹底了結牠，我便一連補上兩箭。

倒下的草狼才剛起身沒多久，身體就立刻被追加的兩箭射中，當場化成一陣光點消失無蹤。

驚覺遇襲的其中一隻草狼決定求援，牠準備發出狼嚎而抬頭露出咽喉——

「《下咒(Cursed)》——防禦！」

在草狼即將發出狼嚎的時候，我對準牠的咽喉處放箭。

因為《下咒》的效果是能讓目標弱化，這一箭深深刺入該草狼的要害，導致牠還來不及發出狼嚎就化為光點當場消失。

「剩下三隻……!?牠們發現我了！唔——《泥塘(Mud pool)》！《捕獸夾(Bear trap)》！」

我在一直線衝過來的草狼們腳下造出一灘泥沼，趁牠們動作變慢之際，又在其腳下產生灰色的石製捕獸夾，藉此造成傷害。

其中兩隻被泥沼和捕獸夾困住，至於靈巧躲開陷阱的最後一隻則加速衝向我。

「因為有冷卻時間的關係來不及再次發動，而且ＭＰ也所剩不多。」

感受到草狼已相當接近後，我從所持道具欄中取出肢解刀。

「儘管還使不慣……喝！」

我用雙手握住拔出的肢解刀・蒼舞，抓準時機朝著撲來的草狼揮出一刀。

『吼！』

就在草狼撲來的剎那間，牠竟在半空中一腳蹬向空氣，藉此改變行進方向躲過斬擊。

「咦!?」

面對這出乎意料的狀況，我維持揮出肢解刀的動作當場愣住了。

已繞到我死角處的草狼，為了一口咬死我而再度撲來。

『啾！』

伴隨柘榴的一聲鳴叫，三條尾巴為了迎擊敵人迅速伸出。

三條尾巴的前端燃起狐火，像是想將繞至死角處襲來的草狼拍倒般橫向一甩。

「繼、繼續追擊！喝！」

我提起肢解刀，用力刺向被擊飛撞在一棵樹上的草狼，使其變成光點。

在這之後，我依序與掙脫泥沼和捕獸夾的草狼單挑，但我每次都無法應付對手在半空中忽然改變行進方向的移動方式，多虧柘榴的自動迎擊能力才保住性命。

「唉～完全不行！我對近戰是一竅不通！」

在這之後，若一次遭遇不超過三隻草狼的話，是可以在敵人接近之前全數擊倒，不過一旦展開肉搏戰就會被對手耍得團團轉。

「總之多虧柘榴的自動防禦，我的自保能力應該不算太差吧？另外草狼的那種移動方式，感覺跟【立體限制解除】挺相似的。」

我如此喃喃自語，回想起繆的天賦【立體限制解除】所具備的效果。

【立體限制解除】不只是能讓人做出更多如特技表演般的動作，隨著天賦等級的提升，還可以蹬向空氣在半空中調整行進方向。

記得繆在消耗ＭＰ能一連蹬出好幾步在半空中奔跑，反觀草狼大概礙於ＭＰ太少，只能用來緊急閃避或躲開對手的攻擊。

「唉～看來我得試著去習慣每一種MOB的行動方式，藉此提升自己的戰鬥技巧。」

語畢，為了補充耗掉的MP，我一口一口慢慢喝著MP壺。

「另外召喚成獸化的利維與柘榴之後，剩下的MP比我想像中還要少。」

召喚使役MOB的代價，就是耗費玩家的MP最大值。

這不僅讓我能自由使用的MP上限大打折扣，另外每當利維或柘榴發動能力時，也會直接消耗我的MP，因此管理MP就變得非常重要。

「以往我都覺得MP多到用不完，但在召喚利維和柘榴的狀態下，即使只是輔助他人戰鬥也有著MP迅速見底的風險。」

經過一番測試，我發現自己在戰鬥上有許多需要克服的課題。

「為了有效發揮利維跟柘榴的能力，需要裝備的天賦有【MP消費減輕】與【魔力】……啊，根本沒空格裝備這些，還真是天不從人願耶。」

追求無所不能到最後很容易變成梧鼠技窮——我自嘲地輕笑一聲。

「總之同時召喚利維與柘榴的負擔太重，眼下還是因應狀況擇一就好。」

我對利維和柘榴說完後，輕輕撫摸利維的脖子。

利維像是不太甘願地發出一聲嘆息。柘榴大概是很羨慕目前能被摸的只有利維，於是強行解除附身狀態，輕飄飄地出現在我面前。

「那就稍微休息一下吧。」

趁著休息之際，我用刷子幫利維和柘榴梳毛。

一段時間後，我再度讓柘榴附身，繼續檢驗自己的戰鬥能力。

「既然已經休息過了，就再找敵人練練身手吧。接下來就試試看騎乘利維的放風箏戰術，以及高速奔馳的打帶跑戰術好了。」

我一說完便騎到利維的背上，開始尋找下一群草狼。

這次是同時遇上三隻，並在敵人接近前就通通擊倒了。

差異就在乘坐於利維的背上時，由於視角提高的關係，讓我能更清楚掌握周邊狀況。

之後我便驗證有沒有讓柘榴附身、有沒有施展附魔，以及光靠魔法應戰等各種作戰形式。

「果然在柘榴附身的狀態下，能力值會獲得提升。雖說導致ＭＰ上限下降，卻能感受出ＡＴＫ和ＳＰＥＥＤ都有明顯增加。」

另外施展附魔時的發光特效很容易被草狼察覺，偷襲成功率大概只有三成左右。

「面對偵察能力優異的敵對ＭＯＢ時，維持附魔狀態可能無法偷襲。這部分我得多加注意。」

如此低語的我在發現敵對ＭＯＢ就直接上前挑戰，但由於基本上是採取打帶跑戰術，因此與以往差異不大。

「差不多已驗證完斗篷需要改良與柘榴的附身效果，今天就先到此為止吧。」

經過檢驗，我在柘榴附身的狀態下將會獲得出色的防禦能力，另外能力值也會大幅提升。

「那我們回家吧。」

『啾！啾！』

「咦，你說還不想回家，希望能繼續戰鬥……真要說來是想找機會表現一下嗎？」

附身的柘榴在我腦中發出包含上述意思的叫聲。

我將目光移向利維，總覺得牠也散發出『直到柘榴滿意前就順著牠吧』的氛圍。

「柘榴，你是因為成獸化能幫上我的忙很開心吧。我懂了，那就再探索一下這附近吧。」

附身的柘榴一聽我說完，開心地不斷左右搖晃牠的三條尾巴。

「我們原則上以採集為主，一旦碰上敵對MOB就開戰吧。」

看牠這麼開心，我不禁回以一絲苦笑。沿途又遇到幾次敵對MOB，我先以偷襲減少敵方數量，近戰時就利用柘榴的自動防禦化解攻勢，再使用菜刀反擊。

隨著交戰次數的增加，原本略顯生疏的戰鬥動作變得越來越流暢。

「哼！喝！」

即便揮出的肢解刀被草狼的空中反蹬躲過，我也變得能迅速回擊斬殺對手。

而且我又找到其他需要改進的部分。

「唔！這情況有點棘手。」

在被多數敵人圍攻時，柘榴尾巴的自動防禦會應接不暇。

因此我不能光靠尾巴幫忙擋下所有攻擊，而是自己也必須設法閃躲。

另外還偶然發現一件事——

「危險——！咦？」

『啾!?』

我扭頭看向在空中反蹬打算繞到我背後的草狼。

為了躲開高速撲來的草狼，我連忙側身一轉。

隨著我轉身閃躲攻擊的動作，順勢令自動迎擊而甩動的柘榴尾巴更充滿威力。

結果就是柘榴尾巴以一記強力橫掃重擊草狼。

「那個……剛、剛才那是什麼狀況……!?」

我被這僥倖的一擊給驚呆了，無奈其他草狼又相繼襲來。

原本一直默默關注戰鬥的利維隨即出手相救。

牠運用額頭上的犄角和水魔法，還有以成獸體格使出的後踢，轉眼間就把草狼們通通變成光點。

「謝……謝謝你，利維，真是幫了大忙。」

利維聽完我的道謝後，像是想提醒我不該輕易分神似地，用犄角輕輕戳我一下。

我則是為了讓利維安心而摸了摸牠的頸部。

接著我開始思考方才在轉身時，運用自動迎擊所使出的強力一擊。

「若是我配合柘榴的自動迎擊迅速轉身，就能提升威力嗎？我看看喔，是這種感覺嗎？」

我趁著柘榴甩動尾巴之際轉身半圈，能聽見尾巴劃破大氣的聲音更為響亮。

「如果連續施展的話……像這樣嗎？」

我配合柘榴的動作稍微放慢速度轉身，在往前踏出一步後又採取相同的動作──

「這感覺有點像是在跳舞耶？」

假如連續旋轉並搭配肢解刀揮砍的話，總覺得能發展出攻防一體的舞蹈動作。

「習慣之後感覺會挺有趣的……但好像難以跟【弓】系天賦搭配吧？」

畢竟弓箭得在靜止的狀態下使用，若以如此激烈的方式旋轉會無法瞄準目標。

『啾～～』

「啊～我這句話並沒有負面的意思！反正只要視情況分開運用就好！」

由於柘榴的尾巴也能攔截遠距離攻擊，在防禦面上仍相當實用。

與敵對ＭＯＢ近距離肉搏，在被對手包圍時還能透過如舞蹈般攻防一體的戰鬥技巧來迎擊。

假如我能完美駕馭柘榴附身後所長出的尾巴，相信會很有意思。

●

我在這之後因為接連的戰鬥而有些疲倦，於是解除柘榴的附身狀態，領著利維和柘榴在湖畔邊悠哉散步。

「這麼偏僻的地方果真是人煙罕至。」

此處雖然位於湖畔，卻與玩家移動於各區域的路線相隔一段距離，也就幾乎遇不到其他玩家。

我挑選不太會遭遇敵對ＭＯＢ的路線前進，與沿途偶爾才會出現的少數敵對ＭＯＢ進行戰鬥，並順便採集素材。

「差不多要穿過樹林區域了，接下來就是蕈菇區域。」

我們從湖泊往東前進，來到一片樹林密度與溼度都比先前高的區域。

由於這裡的環境既陰暗又潮溼，因此比起藥草系道具，反而更能採集到各式各樣的蕈菇。

「此處生長可食用的蕈菇，以及調合用的【癒茸】與【魔菇】。」

在這片通稱為蕈菇區域的森林裡，有許多能採集到多種食用蕈菇以及調合用蕈菇的採集點。

【癒茸】是能提高ＨＰ恢復效果的泛用素材。

【魔菇】與之類似是能夠提高ＭＰ的恢復效果。

不過在這裡能採集到的蕈菇不光只有上述種類。

當我在尋找下個採集點而四處閒逛之際，【識破】天賦突然發出警訊，令我連忙停下腳步。

「……呃，果然也有毒菇。真危險！」

這片蕈菇區域裡存在著多種毒菇，就此成為自然產生的陷阱。

一旦不慎接近，毒菇就會噴發孢子，接觸到的話就會陷入異常狀態。

不過能使用【淨化】的利維就跟在我身邊，所以對我威脅不大。

另外——

「風向沒問題，蓋住毒菇防止孢子飛散的玻璃瓶也已經備妥——」

為了避免接觸孢子，我從上風處慢慢接近，再以反轉的玻璃瓶將之罩住。

「接下來就是連根拔起——利維，麻煩你在裡面加水。」

我請利維透過水魔法在裝有剛拔起毒菇的玻璃瓶內注入清水，然後將瓶口仔細封好便大功告成。

「雖然大家都知道這東西可以採集，問題是當真這麼做的玩家並不多，真慶幸今天被我撞見了。如此一來，我這陣子就能更輕易製造出高階毒藥。」

儘管生長於這片蕈菇區域的多種毒菇都是具有危險性的天然陷阱，但也是能供人採集的素材。

而且將這些毒菇與相對應的異常狀態毒草進行調合，即可製造出更強大的異常狀態藥劑。

「一般玩家在發現毒菇時都會潑油或以魔法直接燒掉，鮮少會採集並帶來【加油工坊】販售。」

柘榴似乎感受到我的喜悅，坐在利維背上的牠開心甩動自己的三條尾巴。

希望能趁此機會採集到其他異常狀態毒菇的我，朝著溼度很高的森林深處走去。

這段期間，我藉由天賦【識破】發現三處長有毒菇的地點，於是興奮不已地動手採集毒菇。

「目前發現的毒菇分別具有讓人麻痺、混亂以及憤怒的效果。感覺算是個好兆頭。如果可以的話，我是希望能把八種異常狀態毒菇全數湊齊。」

我自言自語地不斷往蕈菇區域的深處前進。

先前接連與草狼交戰的我們已感到有些疲倦，於是盡可能避免戰鬥地探索這片蕈菇區域，一段時間後突然發現這個東西。

「啊……這就是【碧白葡萄】樹啊。我還是第一次看見實物耶。」

在這片長有無數蕈菇的雨林裡，我發現一棵上頭長滿樹藤的葡萄樹。

「但終究沒有結出【輝腐葡萄】。」

眼前這棵樹到時是會結出【碧白葡萄】，若是繼續擱置使其過熟就會開始發霉，之後水分便會蒸發呈現乾癟狀態。

乾癟的【碧白葡萄】將會散發甘甜的香氣，最終轉化成發出微光的【輝腐葡萄】。

「假如有【輝腐葡萄】，我就能製作【引誘香】了。」

若把萃取出來的甘甜香氣與魅惑系的狀態異常藥劑混合在一起，就可以製造出能吸引敵對ＭＯＢ的薰香了。

即便有效範圍不大，仍能在地城或洞窟等狹窄空間內，用來吸引敵對Ｍ

OB，或是刻意讓敵對MOB聚集於設置地點，玩家再悄悄從旁通過。

另外對於不容易被發現的稀有MOB，也可以利用此物來提升遭遇機率。

「因為【輝腐葡萄】總是一成熟就會被馬上摘走，因此我也沒見過實物……而且容易把敵對MOB吸引過來。」

在設定上，當有著甘甜香氣的【輝腐葡萄】成熟之後，周邊各種敵對MOB就會被香氣引來。

所以想獲取【輝腐葡萄】，就只能驅除已群聚在現場的敵對MOB。若想安全採集，最好的方法就是在葡萄發出微光的瞬間立刻摘走。

「記得樹苗是在……有了，就長在大樹旁邊。」

【碧白葡萄】樹的樹根旁生長著幾株樹苗，我從所持道具欄中取出鏟子跟樹盆，小心翼翼地將樹苗移植至樹盆裡。

「完工，這下子就能在【加油工坊】裡栽培【碧白葡萄】了。話雖如此，這東西屬於食用道具，假如沒有培養能導致它變質的特定黴菌，它就不會成為【輝腐葡萄】。」

要是沒讓黴菌繁殖於其表面使之腐爛的話，就只會一直是可食用的白葡萄而已。

就在這時，我腦中閃過一個靈感。

「既然黴菌也是菌，不知能否把【菌類營養劑】用在它身上？」

這個黏稠狀的黃色藥劑，功效主要是在栽培菇類時能夠提升收成量。

一般使用方式是將藥劑塗抹於名為【范卡司原木】的菇類培養道具上。

如果把這個使用在【碧白葡萄】上，是否會馬上變成【輝腐葡萄】？

可是在此之前——

「得先讓它結出葡萄才行。」

我說完後，從所持道具欄中取出稀釋過的【植物營養劑】，並灑在【碧白葡萄】樹的樹根處。

此物對植物而言同樣是一種劇毒，如果濃度太高反而會害它枯萎。

「希望能順利成功。假如不行的話，就當作是一場實驗乖乖死心吧。」

如此咕噥的我仰望著【碧白葡萄】樹。

對【加油工坊】的藥草田收成量有著諸多貢獻的【植物營養劑】，其實還有另一個用途——真要說來這才是它原本的使用方式。

其效用就是把它灑在已經採集結束的採集點上，植物便會立刻生長，讓人能再次採集。

這是僅限於植物系採集點的小技巧，但或許是採集點具有所謂的冷卻時間，因此存在著連續於同個採集點使用【植物營養劑】將會無法生效等各項限制。

「因為樹木不同於藥草，所以沒辦法生效嗎？」

這是我第一次對樹木使用，老實說內心有些不安。

一段時間後——

「喔！結果了！」

在這片昏暗的森林裡，樹藤因為【植物營養劑】的功效，漸漸長出【碧白葡萄】。

看著植物迅速成長的這一幕，令我不禁覺得這裡果真是幻想世界。

「啾，啾！」

「嗯？柘榴你想吃嗎？反正葡萄結了很多，稍微摘一些來吃應該無所謂吧。」

我從伸手可及的範圍內摘下【碧白葡萄】，拿來餵食利維和柘榴。

「啾～」

利維從一整串的【碧白葡萄】靈活地一顆一顆咬下來吃，柘榴則因為那甘甜的口感發出陶醉的叫聲。

我也將一顆塞進嘴裡，享受那多汁又清甜的滋味。

「不過這些真的會變成【輝腐葡萄】嗎？」

當【碧白葡萄】發霉變成【輝腐葡萄】以後，就不能拿來吃了。

莫名給人一種暴殄天物的感覺。

「利維，栯榴，你們還想多吃點葡萄嗎？」

牠們一聽完我的詢問，都神色認真地點頭肯定。

「那在我進行【輝腐葡萄】的培養實驗之前，先把一半的葡萄摘走吧。」

畢竟有可能在我使用【菌類營養劑】之後都沒化成【輝腐葡萄】，而是直接全數腐爛。

我在內心幫自己找完藉口，依序將位於伸手範圍內的【碧白葡萄】摘下來。

為了保留拿來食用的【碧白葡萄】，最終是把這個範圍內的葡萄全摘走了。

「我會不會採走太多了？算了，接下來就使用【菌類營養劑】。利維，能麻煩你幫個忙嗎？」

經我一問，利維宛如說包在牠身上似地點了個頭，接著在手持【菌類營養劑】的我面前生成水球。

我慢慢地將黏稠的【菌類營養劑】滴入呈現漩渦狀的水球中，讓藥劑溶在裡面。

接著讓變成黃色的水球化為霧狀，直接覆蓋住【碧白葡萄】樹。

「喔～看起來好像是水魔法的【幻象迷霧】，也許能用這招來混淆敵對MOB的視線。」

在我說出感想之際，覆蓋樹木的霧氣逐漸散去，只見【碧白葡萄】立刻產生變化。

「喔，原來變質過程是這樣啊。」

【碧白葡萄】慢慢被灰色的黴菌侵蝕而越來越乾癟。

剩下的所有葡萄同時產生變化，周圍開始瀰漫著一股微弱的甘甜氣味。

「啾，啾～」

利維彷彿被這股香甜的氣味嗆得頭昏，忍不住倒退兩、三步。

柘榴則趕緊附在我身上，希望能藉此擺脫這股香味。

「啊～這香味的確有點太濃了～你們再稍微忍耐一下就好。」

沒過多久便迎來了這一刻。

「這就是——【輝腐葡萄】。」

【碧白葡萄】的表面已徹底被黴菌侵蝕，在變質成為【輝腐葡萄】的一瞬間，只見它們同時散發出幽幽的灰色微光。

「好，趁著敵對ＭＯＢ聚集過來之前趕快採收吧。」

為了採收超出伸手範圍的【輝腐葡萄】，我隨即裝上【登山】天賦。

葡萄樹藤宛如支撐著大樹般沿著表面生長，我手腳並用地抓著樹藤往上爬。

在爬到樹上後，我順著把樹枝當成支架的樹藤往前一看，便發現結在下面的【輝腐葡萄】。

「好，只要把手往前伸——嗚哇!?」

當我為了摘取葡萄而伸出手時，不慎從樹幹上一腳踩空。

下一秒我整個人已往下摔，於是連忙做好緩衝的準備。

此時，忽然從腰部傳來一股被用力往上提的感覺，而我就這麼停留於半空中。

「咦？怎麼回事？」

『啾～！』

嚇到恍神的我，腦中傳來柘榴的叫聲。

本想躲避濃烈氣味而附身的柘榴，在我摔落的瞬間用三條尾巴捲住樹幹，成功發揮救生繩的效果。

並且——

「喔、喔～!?好厲害，竟然能這樣移動。」

尾巴使力將我慢慢拉至樹幹附近，送回可供站立的位置。

「謝謝你，柘榴。沒想到你的尾巴還有這種功用耶。」

原以為尾巴就只會自動防禦和自動迎擊，現在還能當作防止摔落的救生繩。

既然如此——

「柘榴，可以麻煩你用尾巴幫忙採收【輝腐葡萄】嗎？比較遠的就交給你囉。」

『啾！』

柘榴發出像是『包在我身上』這個意思的叫聲。

其中一條尾巴仍捲在樹幹上，剩下兩條則伸縮自如地捲住位於遠處的

【輝腐葡萄】，並輕而易舉地摘了回來。

「喔～柘榴你很會摘喔。若是之後又有葡萄位於我摸不到或危險的位置上，就拜託你幫忙採收。」

『啾！』

柘榴似乎對於自己能幫上更多忙而感到很開心，幹勁十足地接連把【輝腐葡萄】摘下來。

我收下後，便逐一收進所持道具欄裡。

當我們採收樹上的【輝腐葡萄】已達到三分之二左右時，能感受到從好幾處方向傳來震動。

「糟、糟糕，因結出【輝腐葡萄】的關係，敵對MOB漸漸群聚過來。我們得快逃才行……」

在我喃喃自語準備從葡萄樹上跳下去之際，被甘甜氣味吸引而來的敵對MOB終於現身了。

「咿咿咿!?居然是范卡司神木巨樹人跟血腥灰熊!?」

被【輝腐葡萄】的香氣引誘來的，竟是蕈菇區域頭目MOB范卡司神木巨人，以及一隻棲息於湖畔的高階ＭＯＢ血腥灰熊。

范卡司巨樹人是由朽木和白色蕈菇組成，乍看之下就像個枯樹巨人。身高大約三至四公尺，其詭異的外貌宛如幻想作品裡的巨怪，不過配上長滿全身各處的蕈菇，反倒給人一種滑稽的感覺。

至於血腥灰熊則是一隻不斷流著口水、目光如炬的熊型ＭＯＢ。其模樣是面目猙獰，如果以雙腳站立的話，身高少說有三公尺以上。

牠想用粗壯的手臂以及鋒利的前爪將我從樹上拽下來。

「利維——不見了!?牠剛剛因為【輝腐葡萄】的氣味跑掉了！」

排斥這股甘甜氣味而移動至遠處的利維，就這麼佇立在氣味範圍外的地方，露出一副不知如何是好的樣子望著我。

牠的確想來救我們，卻也明白自己打不過頭目ＭＯＢ跟高階ＭＯＢ，於是正在思考對策。

『吼喔喔喔喔！』

「這次又發生什麼事!?咦，呃、能力值竟然提升了!?」

有兩隻敵對ＭＯＢ等待在樹下準備襲擊我們，其中之一的范卡司巨樹人在發出興奮的咆哮後，一部分的能力值居然獲得強化。

「難不成【菌類營養劑】還能強化與菌類有關的ＭＯＢ嗎!?」

沒想到當初用來製造【輝腐葡萄】的【菌類營養劑】，居然尚未徹底散去，受影響的范卡司巨樹人就這麼獲得強化。

「既然牠們是被香氣吸引過來……柘榴！你把剩下的【輝腐葡萄】都扔到遠處！」

『啾!!』

其中一條伸縮自如的尾巴用力捲住還結著【輝腐葡萄】的樹藤，折斷後便順勢扔往與利維相反方向的位置。

「──《泥塘》！」

看著呈現拋物線飛出去的【輝腐葡萄】樹藤，我立刻以《泥塘》在該方位的途中設下泥沼。

假如牠們直接去追【輝腐葡萄】，就會暫時被泥沼拖住腳步。

我就是打算趁著這兩隻ＭＯＢ被困住的期間，趕緊與利維會合逃離此處。

「好，牠們上鉤了！《附魔》──速度。」

確認兩隻ＭＯＢ如我所料地被引走並陷入泥沼後，我發動速度附魔趕忙從葡萄樹上跳下來，向著利維直奔而去。

「這下子就有辦法逃——」

我還來不及把話說完，【識破】天賦卻對我前進的方向提出警訊，迫使我不得不停下腳步。

在我止步的下個瞬間，該處隨即伸出土槍，而且像是想困住我般呈現半圓弧的形狀。

「真危險。照此情形看來——」

我扭頭往回看，發現已一腳踏進泥沼範圍內的范卡司巨樹人，竟若無其事地從中走出來，慢慢朝我逼近。

明明同樣衝進泥沼裡的血腥灰熊因為自身體重而漸漸沉入泥沼，並且不停掙扎地朝著【輝腐葡萄】前進，這是為什麼？當我看清楚范卡司巨樹人腳邊的情形便恍然大悟。

儘管范卡司巨樹人有著如同枯木巨人般的外表，不過牠的體重其實非常輕，踩出的腳印也很淺。

基於上述原因，比起下沉反倒是會浮在泥沼上，於是牠輕輕鬆鬆地脫離泥沼範圍。

「但牠為何執意要追我——啊!?是柘榴的尾巴！」

可能是幫忙採收過【輝腐葡萄】的栢榴尾巴上沾了果汁和香氣，才把范卡司巨樹人吸引過來。

「可惡！這下該怎麼脫身!?」

目前被頭目MOB范卡司巨樹人盯上，還被土槍堵住去路。

由於牠巨大無比，因此只要跨出一步就會迅速與我拉近距離。

「唔——！《石牆》！《附魔》——防禦！」

我趕忙製造石牆，並以防禦附魔強化自己。

可是范卡司巨樹人用牠那棒槌般大的手臂，一口氣對著我與牠之間的石牆揮去。

『啾!?』

附身的栢榴趕緊用三條尾巴包住我的身體進行防禦，無奈敵人在【菌類營養劑】的強化之下，竟一擊突破石牆與栢榴的自動防禦，直接削減我的HP。

「唔!?咳呃！」

遭受重擊的我，連同石牆和土槍的碎片一起飛出去，在地上翻滾好幾圈。

我看了看剩下的HP，受到的損傷有壓制在六成左右，但我暫時無法起身。

於是我趴在地上，抬頭仰望范卡司巨樹人。

把我揍飛的那隻長滿蕈菇的枯木手臂，不斷飛散出類似蕈菇的孢子，就是因為這東西害我中了【麻痺4】的異常狀態。

『吼喔喔喔喔！』

不過因為范卡司巨樹人揮拳打我，導致牠沾到柘榴尾巴上的狐火，牠現在正不停揮動手臂想要滅火。

「……利維、柘榴。」

無法行動的我輕聲呼喚後，保持附身狀態的柘榴用尾巴捲起我的身體，將我放在趕至身邊的利維背上，隨即以飛快的速度逃離現場。

不久後，稍慢一步過來的低階MOB們便把【輝腐葡萄】樹團團包圍。

「利維，柘榴，謝謝你們，要是沒有你們的話，我肯定無法逃出生天。」

趴在背上的我道謝後，利維輕輕地發出一聲鳴叫做為回應。

相信牠一定是回答這點小事不足掛齒。

「話說【輝腐葡萄】對MOB的吸引效果還真可怕……真要說來是我再也不會去採集【輝腐葡萄】了，如果想要，就直接在【加油工坊】栽培出來。」

【麻痺】狀態在一段時間後終於解除，我便在心中如此發誓。

接著柘榴也解除附身狀態，跳進牠的固定座位——我的帽兜裡，一人兩獸就這麼往第一城鎮前進。

這段期間，我喃喃自語地說出自己在逃離范卡司巨樹人時注意到的事情。

「即使我因為異常狀態暫時無法行動，附身狀態的柘榴也不會受到影響。另外就算當真遭受攻擊，我的ＨＰ意外地沒有下降太多。」

能發現自己的防禦力有獲得提升，讓自己的生存機會大幅增加，想想也算是一段不錯的體驗。

另外，附身時的柘榴並不會受我的狀態影響，即使我中了限制行動的【麻痺】和【昏厥】等異常狀態，仍能有效降低遭敵人追擊的風險。

「畢竟我總是獨來獨往，沒有同伴可以幫忙掩護，所以挺慶幸能趁此機會得知自己還有這樣的應急手段。」

儘管這次的能力驗證有意想不到的發現，讓我感到心滿意足，不過期間遭受兩隻頭目級ＭＯＢ襲擊的突發狀況也令我身心俱疲，幸好最終是有驚無險地返回第一城鎮。

「呼～終於回來了。利維、柘榴，辛苦你們囉。【幼獸化】。」

我從利維背上下來後，利用EX技能【幼獸化】讓牠們變成幼獸狀態。

目前時間差不多已接近傍晚，在第一城鎮出入口與大街上能看見許多登入遊戲的玩家們，正針對夜間時段的活動在做準備，現場是熱鬧非凡。

「那我得在【八百萬神】的遠征開始前，趕緊請庫洛德修改一下【夢幻居民】。」

無論是驗證能力或改良裝備，心想都得在下個月之前做好準備的我，就此向【加油工坊】走去。

在腦中盤算許多事情的我，忽然瞥見大街角落多了一間擠滿玩家的陌生攤販。

「紋章商店……難道就是御雷神之前提過，在公測結束後就被刪掉的那個遊戲系統嗎？」

我從系統選單中確認來自官方的公告，大約在幾十分鐘前有更新追加紋章道具和【紋章商店】。

並預定在日後的【準週年慶改版】裡，階段性開放需要紋章的遊戲系統和相關任務。

「換句話說，現在是讓大家習慣紋章系統的緩衝期囉？」

我本打算登出遊戲，卻對【紋章商店】產生興趣，於是往擠滿玩家的攤販走去。

「歡迎光臨【紋章商店】——！紋章是一種各式圖案都具有不同意義的護身符！還可以用這個來進行占卜！根據小道消息指出，它還是接通其他時空的鑰匙喔！」

店員NPC以這些口頭敘述進行宣傳。

至於架上的商品清一色都是被繩結綁住的小袋子，讓人無法看清楚內容物。

「袋內裝了何種紋章無從知曉！客官們就買個也能用來占卜的紋章試試手氣吧！每袋皆內含一顆紋章，單價是五萬G！」

在NPC的宣傳之下，接連有玩家出錢購買陳列於架上的小袋子。

畢竟這是剛開放沒多久的道具，天曉得它本身具備什麼功能。

於是有玩家買了一包來嘗鮮。

現場也有狀似接觸過公測版的內行玩家，當場買了三包以上。

還有玩家大概是被這類蒐集要素所吸引，一口氣包下每人只能購買十包的上限。

反觀我是——

「不好意思，請給我三包。」

「好咧，挑個自己喜歡的吧！」

我支付十五萬G給店員，並從架上隨手挑了三包。

「買下之後就能直接打開來看嗎？」

我問完便打開袋口，從裡面倒出一顆厚度約兩公分、外觀近似於小硬幣的東西。

「這些紋章分別是——【屬性紋章：土】、【尺寸紋章：極小】、【魔物紋章：獸】。」

上述訊息應該是該紋章的特性，不過實際上的好壞就不得而知了。

「不好意思，請問這是怎樣的紋章呢？」

我向位於附近的紋章商店店員搭話，並展示出自己手上的紋章。

「啊～這全是普通品級，說穿了就是最常見的紋章。」

「這樣呀……」

所以是我運氣不好囉？當我把紋章收進所持道具欄裡時，店員NPC遞了一本書給我。

「您那樣收納可能會導致紋章受損，這本【紋章收藏冊】就免費送給您吧。」

「那個……謝謝。」

我反射性地收下眼前這本有著黃色封面的書。

此書封面上寫著【紋章收藏冊】這行字，翻開後能看見書頁中以灰色文字記載著目前開放的所有紋章種類和欄位。

「這是魔法打造的收集冊【紋章收藏冊】，是個能將取得的紋章收納於其中的好東西喔。」

「喔～原來如此。」

語畢，我便把取得的三顆紋章放在【紋章收藏冊】上，只見紋章彷彿被吸入書裡般憑空消失。

而與我取得之三種紋章相對應的該欄位便立刻化成白字，並在欄位旁標記【1／10】。

「【紋章收藏冊】最多能收納10顆相同的紋章，收進書裡的紋章隨時都可以拿出來。」

我聽完說明後，低頭看著【紋章收藏冊】裡的灰色文字，目前開放的紋章似乎多達五十種。

「感覺滿想湊齊所有種類……」

「假如湊齊這本【紋章收藏冊】中所寫的五十種，將能獲得一顆額外獎勵的紋章！」

想把書裡所有灰色文字都變成白字的慾望，一點一滴地從心底湧現出來。

「我、我決定再買七包──『哎呀～很遺憾今日已全數販售完畢，歡迎明天再度光臨！』──」

原本堆積如山的紋章袋已被搶購一空，NPC店員們則忙著將【紋章收藏冊】發放給有購買紋章的玩家們。

「算了……今天能買到就已經很幸運了。」

我如此低語安慰自己。

原本還想喜孜孜地欣賞自己收集到的各種紋章，但既然已經賣完的話，也莫可奈何。

不過我很快就把紋章一事拋諸腦後，返回【加油工坊】便馬上登出遊戲。

第二章　感冒與遞補成員

時間來到四月，必須參加開學典禮和升學考試的我，就此迎接忙碌不已的現實生活。

話雖如此，因為學校這陣子的課程都改成半天，所以我早早就放學回家。

在只上半天課的下午時段，我會把握時間溫習升學考試的內容，在休息時間則會登入絕對神境打理【加油工坊】的藥草田，或是找利維與柘榴度過一段放鬆的時光。

我和美羽是就讀能從國中直升高中的完全中學。

因此美羽現在已是高一生，不過她的同班同學幾乎全是熟面孔。

但終究還是得應付開學典禮與升學考試，使得她看起來有些憔悴。

而且美羽似乎每天都很晚睡，不免讓人有些擔心。

由於只有半天課而提早返家的我在準備晚飯之際，聽見美羽回來了。

「我回來了～」

「歡迎回家，美羽。先等一下！妳是怎麼了？臉怎麼這麼紅？」

我打完招呼回頭一看，驚覺美羽的氣色相當糟糕。

她早上出門時就顯得有些疲倦，如今說起話來已是有氣無力，整張臉還紅通通的。

「我沒事啦。比起這個，晚餐吃什麼？」

美羽擺了擺手表示別擔心她，偏偏她光是接近餐桌就走得搖搖晃晃。

「少胡說……妳這副模樣怎會沒事。來，讓我摸摸妳的額頭。」

我用圍裙將手擦乾淨，接近美羽伸手摸向她的額頭。

相較於自己的額頭，美羽的額頭摸起來明顯比較燙。

「哥哥的手真涼快，好舒服喔。」

「妳應該是感冒了吧？我去拿一下體溫計。」

我把取自急救箱內的體溫計遞給美羽，等她量完體溫便立刻確認上頭的顯示數字。

「……三十八度二，妳確實是發燒囉，美羽。喉嚨會不會痛？或是有哪裡不舒服嗎？」

「喉嚨好像有點痛，另外我沒什麼食慾……還有背上不斷起雞皮疙瘩。」

明明美羽起初還回我沒事，但在明白自己可能感冒之後，就表示會喉嚨痛跟渾身發冷。

「妳穿著學校制服應該不太舒服，快回房間換上睡衣並多加一件外套，然後乖乖躺在床上休息。我會準備適合的餐點端去給妳吃。」

「嗯，我知道了。」

美羽簡單回了一句，慢慢地走回臥室。

目送美羽離去後，我覺得喉嚨痛並不適合吃東西，於是著手熬煮容易下嚥的粉葛湯。

我用太白粉代替葛粉撒入鍋中，加水以小火燉煮，等化成半透明狀的勾芡之後，再將添加的蜂蜜和檸檬汁攪拌均勻便大功告成。

「好，完成了，等等再端去給她吧。」

除了粉葛湯以外，我還在托盤上放了補充水分用的紅茶與感冒藥，然後往美羽的房間走去。

「美羽，我進來囉。」

我敲了敲門走進房間裡，發現美羽已解開緞帶把頭髮放下來，換上睡衣且多穿一件針織衫待在被窩裡。

「美羽，因為妳說沒有食慾，所以我做了一碗粉葛湯。畢竟吃藥時最好別空腹。」

「謝謝你，哥哥。」

美羽收下我遞去的粉葛湯，舀起一匙送進嘴裡。當她喝了一口有些黏稠又夾帶甜味的粉葛湯，便欣喜地微微瞇起雙眼。

「幸好明天是週末，妳就好好休息養病。假如到了週一還沒康復的話，我就帶妳去醫院。」

「抱歉麻煩你了，哥哥。」

「這沒什麼啦。我去把冰枕和毛巾拿來給妳。」

我暫且離開美羽的臥室，備妥需要的東西就走了回來。

等我回來一看，發現她已將粉葛湯跟紅茶都喝完，也服下感冒藥，現在安分地躺在床上休息。

「來，用冰枕舒緩發燒的症狀吧。」

「哇～好冰喔～謝謝哥哥。」

「不必跟我客氣。想想現在正逢季節交替時期，身體太累的話就容易出狀況。我看妳這陣子總是用功唸書唸到很晚喔。」

我說完便伸手摸向美羽的額頭，但她不知為何露出有些尷尬的表情，不敢跟我對視。

「啊~那個，這個……」

看著面紅耳赤且微微冒汗的美羽，我本以為是她的症狀開始發作，事實上卻並非如此。

「那個，我之所以會感冒……大概是我一洗完澡就馬上玩絕對神境到很晚。」

「…………」

面對這段自白，我無言以對地順著美羽的目光，望向她擺在一旁的ＶＲ裝置。

換言之，她感冒的原因是洗完澡後沒有馬上把身體擦乾。

我好不容易才從口中擠出的話語是——

「直到妳痊癒之前，ＶＲ裝置先由我保管。」

美羽一聽完我對她這名病患所下達的判決之後，連忙抗議說：

「等、等一下！我今天跟小露嘉有約耶！」

「比起打電玩，妳得優先養病。」

「哥哥放心！我吃完藥就已經康復了！」

「這怎麼可能嘛！妳只是多虧藥效才暫時退燒！而且藥效理當還沒發揮才對！」

我提出反駁後，迅速把美羽放在枕邊的ＶＲ裝置收走。

「我會轉告露嘉特她們說妳感冒了，代為取消妳們今天的約定。」

「怎麼這樣～……」

「既然感冒了就該好好休息，聽懂了嗎？」

「但我們是要去刷稀有道具！而且是難以獲取的稀有紋章喔！」

想求我改變心意的美羽隨即起身將手伸來，可是因為頭昏的關係馬上往後一倒，後腦杓就這麼輕輕撞在冰枕上。

「聽話，太激動只會害妳又開始發燒！真受不了妳耶……」

看著毫無悔意的美羽，我不禁發出一聲嘆息。

偏偏內心深處的另一個我又寵慣了美羽這個寶貝妹妹。

「……只要幫妳取得這個稀有道具的話，妳就願意乖乖休息嗎？」

「唔、嗯，就算我再愛玩，也沒打算在感冒時還去練功。」

少來，這種時候根本就不該想到與電玩有關的事情——我忍不住在心中吐槽。

「好吧，不管是稀有道具還是稀有紋章，我都會幫妳取來。所以妳現在必須休息，並且安分點好好養病喔？」

「耶嘿嘿……謝謝你，哥哥。」

大概是聽完我的保證這才放心下來，於是美羽沒過多久便進入夢鄉。呼吸聲聽起來很平穩，但可能是還在發燒的緣故，她整張臉仍是紅通通的。

「終於肯乖乖睡覺了。那我就先去備妥養病所需的東西吧。」

思考著晚餐菜色的我決定以適合病人的粥類食物為主，在照看美羽的同時順便做完家事。

由於感冒的關係，美羽一吃完晚飯便早早就寢。

我在確認她入睡以後，才開啟遊戲登入絕對神境。

現身於【加油工坊】工作室裡的我，立刻使用好友通訊功能聯絡露嘉特等人。

我把繆（美羽）感冒的事情告知經常一起組隊的露嘉特等人——

『好的，不知是否方便過去打擾一下？』

我答應露嘉特的請求後，露嘉特與隊友們過段時間便來到【加油工坊】。

「歡迎光臨，另外很抱歉都怪繆感冒了，才打亂妳們今天的行程。」

「請別這麼說，既然感冒了也是莫可奈何。話說繆的身體還好嗎？」

露嘉特立即關切繆的身體狀況。但在回答之前，我請所有人先就座。

「她有點發燒，已經吃了藥在睡覺。或許是這陣子太疲倦才會生病吧？」

我端出茶水和保存的紅酒凍來招待所有人，可是她們似乎都很擔心繆，遲遲沒有拿起來享用。

「妳們不必擔心，畢竟這丫頭一下吵著想要稀有道具，一下又吵著想要稀有紋章，原則上算是挺有精神的。」

我稍稍露出苦笑解釋完後，本以為露嘉特她們會出現相同的反應，結果卻是略顯尷尬地撇開視線。

「那個……真的是非常抱歉。」

「嗯？為何妳們要道歉呢？」

「那個，這個，其實我們算是害小繆生病的間接原因。」

根據她們的解釋，主要是露嘉特和希諾想強化裝備，外加上最近開放的紋章需要某個稀有素材，所以這陣子才特別晚睡。

「唉～原來是因為這樣，繆才抵死不肯休息。如此一來，我可得好好履行對她的承諾了。」

「承諾？」

「繆之所以肯乖乖睡覺，是因為我答應她會幫忙收集這個稀有道具。不過我沒能詳細聽她說明需要哪些道具，可以的話希望妳們能告訴我。」

我順帶補上一句「另外請協助我去收集道具」。當我在心中咕噥光靠自己一人是絕對收集不完時，只見露嘉特等人是一臉欣喜。

「我明白了，那就由云小姐擔任繆小姐的代理人來完成此次任務吧。」

本來神色非常尷尬的露嘉特等人終於放鬆表情，開始享用泡好的茶跟紅酒凍。

「小繆應該會覺得很不甘心吧，畢竟我們是在她感冒的時候把任務解完。」

「……想想的確是滿可憐的。不過到時可以把這段經歷講給繆小姐聽呀，就讓我們一起加油吧，希諾小姐。」

很了解繆的希諾忍不住想像起她康復後的反應，心地善良的托烏托比則是思考著該以何種方式去哄繆開心。

「呵呵呵，現在的繆小姐因感冒而身體虛弱，肯定會一臉恍惚地露出溼潤的眼神！這真是太美妙了！云小姐，麻煩妳幫我為感冒的繆小姐拍張照片吧！」

「妳蠢啦！少說這種不正經的話！」

禮蕾這孩子還是一樣有著不得了的想像力，真要說來是胡思亂想到開始神遊的她，立刻被蔻哈克賞了一發紙扇，當場發出清脆的聲響。

對於她們的反應，我和露嘉特等人不禁稍稍露出苦笑。

「總之，這次是云小姐代替繆小姐加入隊伍，如此一來就得先說明我們是接下什麼任務了。」

「嗯，麻煩妳們了。」

露嘉特等禮蕾她們打鬧得差不多以後，便開始討論正事。

我點頭回應，細心聆聽接下來的內容。

「我們的目標是採集名為【隕星礦石】的素材。」

「記得【隕星礦石】是製作【隕星鋼】這種錠塊不可或缺的稀有礦石

吧？」

我搜尋過記憶並開口提問後，露嘉特先是點了個頭，便開始詳述【隕星礦石】的相關訊息。

「沒錯，準確說來是必須從落下的流星中採集【隕星礦石碎片】，才有辦法製作出名為【隕星鋼】的錠塊。

【隕星鋼】相較於黑鐵具備更優異的攻擊力和抗打力，是一種適合製作物攻裝備的素材。而它的另一個特性是雖然屬於頗為沉重的金屬，卻附帶【裝備重量減輕】的追加效果。」

「啊～所以才想拿它來製作露嘉特妳和希諾的裝備呀。」

露嘉特所使用的武器是重型單手劍，類型上介於單手劍與雙手劍之間。希諾的主要武器之一就是重量級武器中的大鎚。

對於主要是使用重型武器的兩人，與其增加SPEED這項素質，倒不如利用【裝備重量減輕】的效果，反而更能有效提升自身的攻擊速度。

「真好～若是這樣的話，我也有點想要【隕星鋼】耶。」

「云小姐妳也想要嗎？」

「嗯，其實我在不久前有發現【精金礦石】，無奈這東西的挖掘難度太高，害我愛用的黑鐵製十字鎬壞掉了，所以我需要素材來製作新的十字鎬。」

語畢，我便將瑪琦小姐為我製作卻已經損壞的黑鐵製十字鎬拿出來。

儘管採礦用道具是不太需要在意重量，不過這東西的性能凌駕在黑鐵之上，而且還附帶【裝備重量減輕】的追加效果，這麼一來必能提高採礦效率。

「既然如此，那就得收集更多碎片才行了。而且我們還得完成能兌換紋章的收集任務。」

「那些紋章是什麼東西？老實說我不太清楚紋章的用途。」

我決定趁此機會打聽【紋章】這東西到底是有著何種用途。

「這部分就由我來解說吧，畢竟我是在場唯一一位有參加過公測的玩家。」

面對毛遂自薦的希諾，我稍稍點了個頭請她說下去。

「那我先來解釋什麼是【紋章】。」

「麻煩妳了。」

露嘉特等人也想再聽一次，紛紛挺直腰桿專心聆聽。

「所謂的紋章，在公測版裡是能與名為【星門】的圓環型傳送裝置搭配使用的一種道具。」

「【星門】？」

「沒錯，這個遊戲系統是使用三至十個紋章互相拼裝組成紋章詞綴，依此產生出供人探索的領域或地城。」

「喔～這我是第一次聽說耶。感覺上挺有意思的，為何到正式版時會被刪除呢？」

希諾聽完我如此直白的疑問後，稍微思考了一下該如何回答。

「這系統在公測期間有太多ＢＵＧ，而且紋章是屬於一次性道具。」

透過【星門】產生的領域與地城似乎經常出現ＢＵＧ，令玩家無法好好體驗遊戲內容。

外加上開啟【星門】的紋章在當時是每顆要價５萬Ｇ，而且每次使用就得消耗三顆以上的一次性道具，意思是每組成一個【紋章詞綴】至少得花費十五萬Ｇ。

偏偏大多數的紋章詞綴都無法讓人回收這十五萬Ｇ的成本，導致玩家從中得到的獲利太少。

「另外公測版的【星門】設置於【迷宮城鎮】，當時有辦法抵達那裡的玩家少之又少，而這也是此系統推廣不了的原因之一。」

我很感興趣地聽著發生於公測期間的往事。

「我當時曾和小繆以及塔克先生等人一起挑戰過【星門】。」

「喔~這我是第一次聽說耶。」

「畢竟那是一段不怎麼有趣的陳年舊事。主要是能夠組成好用詞綴的紋章價格不斷被哄抬，而且有太多人使用熱門的紋章詞綴，導致生成的區域內人滿為患，結果迫使玩家們賺不到幾毛錢，完全就是在整人。」

希諾說完後不禁露出苦笑。

「原來是這樣啊。」

「嗯，礙於紋章是一次性道具，導致其相關實測遲遲沒有進展，外加上當時沒有那麼多玩家肯花時間去實測。」

聽完上述說明後，我可以理解就算【星門】具有無窮的可能性，最終還是因為細部的調整不足而慘遭刪除。

●

「關於【紋章】和【星門】的介紹大概就這些了。」

「嗯，我大致上都有聽懂了。」

希諾喝了一口茶滋潤完喉嚨便替話題作結，我也隨即點頭回應。

至於我最後想請教的問題是——

「那麼，稀有紋章為何會需要【隕星鋼】呢？」

「紋章商店每天都有收集任務，內容是只要繳交特定素材，就能換取一次相對應的紋章。」

原來除了花錢購買以外，還有其他能從紋章商店取得紋章的管道啊。我不禁佩服她如此消息靈通。

像這種拿素材換道具的任務，令我忍不住想起住在超巨型MOB・巨岩體內的名匠NPC。

「不過兌換紋章任務並沒有那麼重要，等繆小姐養好病再解也不遲。」

因此，今天的目標就是收集露嘉特、希諾還有我用來製作【隕星鋼】所需的素材。

「那就前往【恐龍平原】去採集【隕星礦石碎片】吧。」

結束這段漫長對話的露嘉特向我發出組隊邀請，我收到後便選擇接受。

我做為繆的替代成員加入露嘉特她們的隊伍裡，利用【加油工坊】內的迷你傳送點，前往【飛龍山脈】另一端的傳送點。

「這裡就是【恐龍平原】啊～」

以前為了完成天賦擴張任務，我與繆、賽伊姊還有塔克等人一起去過飛龍棲息的【飛龍山脈】。

在那之後我又多次前往該處採集素材，並順便越過山脈開通傳送點。

但因為我除了前往【飛龍山脈】採集素材以外沒有使用過這個傳送點，所以這是我首度踏進【恐龍平原】。

「雖說這裡的恐龍型ＭＯＢ都是非主動怪，不過每一隻皆屬於中型至大型的強悍ＭＯＢ，因此切勿招惹牠們。」

露嘉特如此提醒我。現在的【恐龍平原】正值夜晚，並沒有看見幾隻會動的ＭＯＢ。

那些知名的草食性恐龍都縮在地上睡覺，至於迅猛龍那類小型肉食性恐龍則是以幾隻為一組四處移動。

單獨昂首闊步於平原上的大型肉食性恐龍，都具有銳利的獠牙和可怕的外表，光是牠那巨大的身軀就令人望之卻步。

目睹這一幕，我不禁慶幸【恐龍平原】的ＭＯＢ都是非主動怪。

「那麼，哪裡能取得【隕星礦石】呢？」

我對走在前方的露嘉特等人提問，只見她們回我一個頗微妙的苦笑，然後抬頭望向天空。

「【隕星礦石】並沒有固定的採集點，是【恐龍平原】在入夜後會隨機落下流星，大家再前往掉落處採集。」

所以玩家幾乎都會待在【恐龍平原】的安全區內，耐心等待流星落下——露嘉特如此補充解釋。

「……我這就帶你們前往安全區。」

身為斥候手持提燈的托烏托比說完後，領著我們走向一棵大樹。

「我們就在這裡等流星落下吧。」

「那我來鋪個野餐墊，大家就坐在上面喝茶休息。」

我備妥舒適的等待環境之後，露嘉特等人都顯得很開心。

「來，雖然妳們剛剛已經喝過了，但還是請用茶。」

「謝謝。」

在每個人都收下茶後，我也開始享用這杯適合野餐的甘味茶，悠哉地仰望夜空。

「唯獨來到這裡，總會給人一種穿越時空的感覺。」

「對呀，本來是中世紀幻想風的環境一口氣變成遠古時代。」

露嘉特附和我的低語，希諾與蔻哈克聽見後也出聲回應。

「不過明明此處有恐龍，其他地方卻徹底絕跡，只有這裡保留了古代的生態系，想想還真厲害耶。」

「假如設定成除了這裡以外的恐龍都進化成別種幻想生物，應該會挺有意思的。」

「啊～這樣的設定確實還挺有說服力喔。」

為何這個世界會出現幻想生物？

倘若倖存的恐龍們並非單純是爬蟲類的始祖，而是根據各自的特性加以進化，感覺會是個非常有趣的設定。

「既然如此，【恐龍平原】另一端或許存在著強大的龍族喔？」

「這種說法十分符合幻想作品的風格呢，讓人有更多的想像空間。」

露嘉特笑著支持我的意見。

我運用【千里眼】與【識破】天賦觀察夜空，卻遲遲沒有發現流星隕落。

就在這時，禮蕾不著邊際地繞到我背後並迅速接近。

「呵呵呵，倖存恐龍的進化論確實是很令人好奇，但我對云小姐妳更感興趣喔。」

「禮、禮蕾？」

面對言語間似乎不懷好意的禮蕾，我立刻扭頭確認背後情況。

只見她整個人趴到我的背上，在我的耳邊輕聲呢喃。

「呵呵呵，云小姐妳被栢榴附身化為狐狸少女的模樣……著實令我非常好奇呢。」

聽著這段咬耳朵的細語聲，一股酥麻感沿著我的背脊往上蔓延。

當我反射性地縮緊身子時，趴在我身上的禮蕾隨即被人拉開，這才讓我得以放鬆下來。

「禮、禮蕾！妳這是在做什麼嘛!?」

「啊~好不容易有機會能和云小姐親密接觸！」

對於禮蕾的脫序行為，慢一拍反應過來的蔻哈克出面為我解圍。

「……云小姐，妳沒事吧？」

我被禮蕾突如其來的近距離接觸嚇得當場恍神，托烏托比擔憂地探頭窺視我的臉。

「我、我沒事，就只是有點嚇到而已。」

我摀住剛才聽人細語的那隻耳朵和衣服胸口處，對托烏托比回以一個困惑的笑容。

蔻哈克與禮蕾開始在一旁鬥嘴，目睹此景的露嘉特和希諾則略顯傻眼地露出苦笑。

起先是一臉錯愕的我跟托烏托比，就這麼被逗得笑出聲來。

當我們在安全區內和樂融融地等待【隕星礦石】落下的時候，托烏托比突然神情嚴肅地望向星空。

「……來了。」

露嘉特和希諾聞言後也斂起笑容，我則是跟著望向天空。

能看見一縷橙色光芒劃過【恐龍平原】的天際，就這麼破空而來。

「唔!?是流星！」

「落下來了！我們快追！」

「我來幫大家提升移動速度！《空間附魔》——速度！」

露嘉特在下達指令的同時發動附魔，移動速度獲得提升的我們立刻趕往流星墜落處。

在身為斥候的托烏托比領路之下，我也利用【千里眼】與【識破】天賦預測出落下位置。這顆【隕星礦石】似乎落於【恐龍平原】的外圈附近。

「【隕星礦石】的採集時間只有在流星落地的十分鐘內！」

「時間未免太短了吧!?」

因為安全區幾乎是位於【恐龍平原】的正中央，只有待在那裡才來得及趕往這片平原的各個角落。

但也因此才讓人沒把握能在時限內抵達【隕星礦石】墜落的平原外圈。

另外——

「又有流星落下來了！」

「啊！運氣真背！這顆是落在安全區附近！」

緊接而來的下一顆【隕星礦石】，恰好落在我們方才休息的安全區附近。

「現在沒空走回頭路了！先趕往眼前那顆【隕星礦石】的落下地點吧！」

露嘉特飛快評估完得失，提議繼續朝著落於外圈附近的【隕星礦石】前進。

拜附魔所賜加快移動速度的我們，不久後便抵達【隕星礦石】的墜落處。

「大家趕緊收集碎片！」

能看見【隕星礦石】的墜落點周圍有四散的礦石碎片，那些碎片都發出光芒，讓該處亮得有如白晝。

不過碎片隨著時間慢慢失去光彩。

我們分頭收集橙色的【隕星礦石】——成功獲得名為【隕星礦石碎片】的道具。

「嗯，看來需要的數量還挺多的。」

礦石系道具是每五顆相同的礦石能合成一個錠塊。

至於比礦石低階的破碎金屬片，則是被當成只有礦石的十分之一。

如此一來，想合成錠塊就需要礦石的十倍——也就是得收集五十個碎片。

「已超過時限了！要趕往下個流星墜落處根本來不及，我們先返回安全區吧！」

在回收完【隕星礦石碎片】之後，我們回到安全區確認這次的收穫——

「一共是四十七個【隕星礦石碎片】，還不夠讓人合成一個錠塊。」

「嗯～掉太遠的流星乾脆直接放棄，只採集掉落在附近的應該會更有效率喔～」

露嘉特跟希諾清數完收集到的礦石碎片數量之後，都不由得嘆了一口氣。

不過，最主要的問題是沒人知道流星會落在哪裡。

倘若趕往外圈處，有可能發生無法在時限內抵達而白跑一趟的情況，可是從頭到尾都等在安全區內的話，又無人敢保證一定會有流星掉在附近。

「……看這情況，我們是否該改變策略？」

露嘉特等人聽見我的提議，視線紛紛集中到我身上。

「妳有好法子嗎？云小姐。」

「我也沒把握，大家是否願意嘗試看看？」

我徵得大家的同意後，便脫隊遠離眾人。

保持一定的距離尾隨於她們身後。

「妳在做什麼呢？云小姐。」

「我想透過【調教】天賦，找來可以暫時供人代步的坐騎。」

我在回答的同時，運用【千里眼】的夜視能力和【識破】開始觀察這片【恐龍平原】，沒多久便發現目標。

「在騎乘利維的狀態下，只有我一人的腳程能得到提升，不過最理想的情況是大家都可以跟我一樣，因此——」

我順利找到能提升腳程的好幫手了。

「迅猛龍……感覺會是個不錯的選擇。」

小型肉食性恐龍ＭＯＢ・迅猛龍以數隻為一組，在【恐龍平原】上四處奔走。

除了長相凶殘以外，前肢中指的爪子是又大又彎，簡直就像是一個鉤子。

我衝到那群迅猛龍面前施展【調教】。

「你們都注意到我這邊！」

緊張到口乾舌燥的我，從所持道具欄中取出一塊生雞蛇肉展示在迅猛龍們的面前。

「云小姐，妳在做什麼呀!?」

「如果有危險的話，妳們趕快逃進安全區！」

隨意接觸非主動攻擊的強悍恐龍ＭＯＢ仍充滿風險。

可是為了收集【隕星礦石碎片】，我認為需要這群迅猛龍的幫忙。

『嘰嘶啊啊！』

迅猛龍們都注視著展示於眼前的生肉，當我把生肉往前一拋，其中一隻迅猛龍直接用嘴接住生肉。

沒能吃到生肉的其他迅猛龍則是紛紛發出叫聲。

「云小姐，這樣太危險了！」

「妳們都先別出手！」

如此大喝的我，也同時以手勢制止準備過來幫忙的露嘉特等人。

她們看見我拿生肉餵食非主動怪的迅猛龍，無一不為這膽大包天的舉動感到震驚，並紛紛架起各自的武器提防著這群迅猛龍。

『嘰嘶啊啊！』

「喲～這麼有精神啊。」

我注視著組成半圓狀包圍我的迅猛龍們，緩緩將手往前一伸，與牠們保持一定的距離。

「來，想吃肉對吧？這樣如何？」

我又從所持道具欄中取出一塊生雞蛇肉，展示於迅猛龍群的面前。

『嘰嘶啊啊！』

圍住我的其中一隻迅猛龍隨即一口咬向生肉，我立刻將拿肉的那隻手收了回來。

撲了個空的迅猛龍一臉不悅地瞪視我。

「等一下，等一下喔——好，吃吧！」

我將生肉往前一拋，那隻迅猛龍精準地一口接住。

接著我又拋出生肉餵食其他的迅猛龍。

下一隻迅猛龍以前肢的巨大鉤爪刺穿生肉，再用牠那一大排利牙將刺在鉤爪上的肉給咬爛。

在這之後，我重複相同的動作依序餵食其他隻迅猛龍——

『咕嚕嚕嚕嚕——』

「呼～嚇死我了～」

這群迅猛龍紛紛發出類似撒嬌的叫聲，輕輕用頭磨蹭因為腿軟而坐倒在地的我。

露嘉特等人在看見這幕後，膽顫心驚地慢慢接近。

「云小姐，妳不要緊吧？拜託妳不要這樣胡來啦。」

「放心放心，這幫傢伙只是外表可怕，其實意外地挺可愛的。」

看著用頭磨蹭我的迅猛龍群，我用手搔了搔其中一隻的下巴，牠狀似相當享受地瞇起眼睛，並發出『咕嚕嚕』的撒嬌聲。

「既然這是【調教】天賦的成果，表示這群迅猛龍也成了云小姐妳的使役MOB嗎？」

對於蔻哈克提出的問題，我搖頭以對說：

「與其說是使役ＭＯＢ，解釋成暫時的合作關係大概會更貼切吧？就只是請牠們充當一下坐騎罷了。」

將敵對ＭＯＢ收服為使役ＭＯＢ的成功率非常低。

但只是跟非主動ＭＯＢ達成協議的話，成功率出乎意料還算頗高的。

在絕對神境裡存在著這類可以提供些許幫助的系統，比方說拿食物或藥草等物品送給非主動攻擊ＭＯＢ，對方就會回贈道具或暫時充當該區域的嚮導等等。

「所以我才覺得如果運氣好的話，或許能得到這群迅猛龍的協助。」

在我解釋完之後，換來一道道傻眼與欽佩參半的目光。

不管怎麼說，這下子就成功確保能讓我們擴大收集【隕星礦石碎片】範圍的代步工具了。

●

我透過【調教】天賦成功締結暫時合作關係的迅猛龍，一共有五隻。

由於我是騎乘利維，因此所有隊員都順利獲得可以高速穿梭於【恐龍平原】的移動手段。

「那就由我、云小姐跟蔻哈克小姐三人一隊，希諾小姐、托比小姐和禮蕾小姐妳們三人則組成另外一隊，分頭收集【隕星礦石碎片】吧。」

多虧有迅猛龍能夠快速移動的我們，就這麼兵分兩路等待著【隕星礦石】的墜落。

然後——

「……有一顆落向西南方！」

「那我們先走一步囉！」

由騎著迅猛龍的露嘉特負責帶頭，我和蔻哈克緊跟在後，向【隕星礦石】落下的地方直奔而去。

因為迅猛龍的腳程飛快無比，我們根本無需施展速度附魔就能輕鬆在時限內抵達【隕星礦石】的墜落處。

「那就趕快來收集碎片吧！」

「「收到！」」

我聽從露嘉特的指示，與蔻哈克一同努力收集礦石碎片。

利維和迅猛龍們在這段期間也用嘴巴叼起碎片幫忙收集，讓我們得以在時限內獲得不少的數量。

「我剛剛收到希諾小姐的好友通訊！她正趕往落於北方的流星那裡！」

「我透過【識破】天賦，確認到有【隕星礦石】掉在從這裡向東沒多遠的地方！」

「那我們就先不返回安全區，直接趕往那裡吧！」

我隨著再度騎上迅猛龍的露嘉特和蔻哈克，一起直奔下一個隕石墜落處。

在收集效率遠比先前提升許多的情況下——光是我們這組在一個小時內就收集到四百個礦石碎片，意思是能合成八個錠塊。

「既然順利取得這麼多礦石，我與希諾小姐的裝備就都有著落了。」

「是啊。根據好友訊息傳來的內容，希諾她們也收集到相當多的數量。」

先一步返回安全區的我們，便開始慰勞提供協助的兩隻迅猛龍，同時等待希諾等人的歸來。

「起先還覺得迅猛龍挺恐怖的，不過像這樣接觸之後，發現牠們比想像中可愛多了。」

露嘉特將身體倚靠在安全區的大樹上，並輕輕搔著迅猛龍的下巴。

蔻哈克也稍稍露出苦笑，對此表示同意。

「我原本也以為迅猛龍是種很可怕的MOB，結果發現牠們其實挺親人的。可是說來還真可惜，假如沒有云小姐就無法騎乘迅猛龍了……」

蔻哈克跟露嘉特一樣伸手撫摸著迅猛龍。

由於露嘉特等人都沒有【調教】天賦，因此覺得無法像我這樣暫時取得迅猛龍的協助。

「那我來問問牠們如何？」

「咦？問問牠們？」

「就是詢問看看能否在只有妳們的時候提供協助。」

語畢，我將目光對準在場的兩隻迅猛龍，然後牠們就像是在確認彼此的想法般，歪著頭看向對方。

『嘰斷啊斷啊！』

「啊～不能免費幫忙呀。既然如此，你們想要什麼？還是一樣的生肉嗎？」

『嘶啦啦啦——』

我拿出生雞蛇肉，迅猛龍們看了看後搖搖頭。

於是我換成巨型野豬肉，發現換來的反應有稍微好一點，但牠們還是沒有點頭答應。

「嗯～以肉本身的價值來說是雞蛇肉比較貴，不過巨型野豬肉的分量更足，意思是你們比起肉質更注重分量？」

『嘰嘶啊嘰嘶啊！』

看著這似乎是被我猜對的反應，我又拿出兩塊巨型野豬肉。

「那這樣如何？但假如我手邊沒有巨型野豬肉的話，就會提供同等分量的雞蛇肉。」

至於迅猛龍的答覆是——

『嘰啊——』

隨著一聲鳴叫，突然從牠嘴裡落出一個東西。

我連忙伸手接住該物。

「嘿咻——這是骨笛嗎？」

在收下這個外觀獨特的笛狀道具後，我馬上確認該物的狀態欄。

獸腳恐龍的聲帶笛【道具】

可以召喚迅猛龍群，並限定於【恐龍平原】內提供協助。

但需要提供肉類道具才願意協助。※交戰時會退開，不會參與戰鬥。

我轉身把骨笛交給露嘉特她們。

「應該算是有跟牠們達成協議了。」

「總覺得好像看見一幕非常驚人的景象。話說我們真能收下這東西嗎？」

能與ＭＯＢ締結友好關係的道具往往都非常稀有。

也難怪露嘉特會再次向我確認——

「反正我擁有【調教】天賦，即使沒有骨笛，相信牠們還是願意幫忙的。」

『嘰啊。』

我伸手撫摸發出叫聲表示同意的迅猛龍後，利維忽然用犄角輕輕頂我，狀似藉此表達自己才是我的坐騎。

面對做出如此反應的利維，我不由得回以苦笑，並為了安撫牠而撫摸其頸部。

「謝謝妳，云小姐，我會好好珍惜的。」

「反正等繆身體康復後，聽完這個故事肯定會吵著也想騎龍，到時就拜託妳們幫她一把喔。」

「請包在我身上。」露嘉特聽完我的請求是笑著一口答應。

不久後，希諾等人騎著另外三隻迅猛龍前來會合，我們便開始統計獲得的【隕星礦石碎片】數量——結果總共是七百二十一個。

將【隕星礦石碎片】換算成【隕星鋼】錠塊，總計能合成十四個。

依照我、露嘉特以及希諾用來打造裝備的需求量，再加上拿去兌換稀有紋章的部分，這數量很明顯不太夠用——

「嗯～想湊齊所需數量果然很費力。」

「不過拜云小姐所賜，我們已掌握更有效率的收集方式，因此我跟希諾小姐所需的錠塊可以之後再收集就好。」

「既然這樣的話，我用來升階裝備的錠塊也無須急於一時。」

我需要的錠塊並不多。

只要趁著空閒時騎著利維來收集，應當三兩下就能湊齊了。

外加上【恐龍平原】裡的ＭＯＢ雖然很強，卻幾乎都是非主動怪，感覺會是個適合散步的好地方。

「這樣的話我們就——」

「沒關係沒關係，我——」

「雙方到此為止～！」

在我和露嘉特堅持把錠塊轉讓給對方時，希諾大聲介入我們之間。

「妳們兩個再這樣堅持下去也毫無交集，要不然這樣好了。」

於是，我和露嘉特決定聽聽希諾的折衷辦法。

「既然我、小露嘉還有云小姐都不急著強化裝備，反觀【隕星鋼】錠塊總共有十四個吧？這次就大家分一分全都拿去兌換【星】之稀有紋章吧。」

紋章商店的收集任務是每天限定只能解一次，而且根據紋章需要不同種類的素材和數量進行兌換。

這次能用【隕星鋼】錠塊兌換的【星】之稀有紋章，是兩個錠塊可以兌換一顆。

意思是以目前手邊的數量，可以兌換七顆【星】之稀有紋章。

「包含感冒休息的小繆在內，剛好是人人有獎。」

「這確實很有道理，如此一來也剛好能讓我實現對繆的承諾。」

「說得也是，或許這是最好的解決方案。」

我和露嘉特都支持這個意見。

「這些【隕星礦石碎片】就都交給云小姐來製成錠塊如何？這樣還可以讓

【工藝品】天賦賺取經驗值，至於剩下的二十一個碎片，就當作是給云小姐妳的工本費。」

「我明白了。既然這樣的話，就包在我身上吧。」

我收下所有的【隕星礦石碎片】之後，目送因為時間太晚而紛紛下線的露嘉特等人。

當我返回【加油工坊】的工作室後——

「那就開工囉！」

我運用【工藝品】天賦替加工金屬的魔法爐點火，接著把【隕星礦石碎片】放入爐內。

在天賦的輔助下，我將熔化的金屬倒入鑄模裡，然後拿我愛用的黑鐵鎚不斷敲擊，使其慢慢成形。

我運用自己在瑪琦小姐那裡鑄造過祕銀合金和烏茲鋼錠塊而鍛鍊出來的生產技術，將【隕星礦石碎片】融合變成美麗的藍色金屬錠塊。

「呼～這就是【隕星礦石】……不對，既然已成了錠塊，就算是【隕星鋼】囉。這東西真美耶～」

因為我太專注於【隕星鋼】的鑄造作業，等我回神時才注意到現在已是凌晨一點，於是趕忙登出遊戲。

三天後——

「繆小姐的病情有好轉了嗎？」

「她已經退燒並恢復食慾了。儘管本人說自己已經康復，但我還是要她再多休息一下。」

我對著來收取【隕星鋼】錠塊的露嘉特說明繆的身體狀況，她聽完後不由得露出苦笑。

繆在好好休息之後，大概是身體有充分排汗的緣故，隔天的氣色已經好多了。

不過她還是有微燒以及感冒症狀，所以VR裝置仍被我沒收。

基於上述原因，這兩天的假日我都在照顧繆，還得安撫不斷使性子的她。

在繆睡著之後，我才登入絕對神境，一點一滴地完成【隕星鋼】錠塊化的作業，直到今天才終於交貨。

「總之我明天會把VR裝置還給繆，她就拜託妳們照顧了。假如她之後有出現任何身體不適，還請馬上阻止她繼續打電玩。」

「我知道了。話說VR裝置會隨時監測使用者的身體狀況，一旦被系統判定有問題的話，就會出現建議玩家休息的提示，在某些情況下甚至會直接強制關機呢。」

「喔～原來如此。」

沒想到還有這樣的小知識，我不禁感到有些欽佩。

「那我先走囉，請代我向繆小姐打聲招呼。」

「嗯，沒問題。」

我將道具全部交給露嘉特，工作至此告一段落。

伴隨一聲長長的嘆息，我這才感受到反射性繃緊的身體慢慢放鬆下來。

「呼～終於結束了～這一趟的收穫是兩個【隕星鋼】錠塊和二十一個礦石碎片。」

在我手邊有著從露嘉特她們那裡分得的素材。

想想得找個時間，把這個拿去紋章商店兌換【星】之稀有紋章才行。

另外若想取得【隕星鋼】，也不得不再前去收集素材。

話說還得確認一下之前採到的【碧白葡萄】樹苗長得如何了。

真想就這樣望著藥草田悠哉度日。

心不在焉的我在腦海中閃過各種念頭，卻在思緒集中前又消失了。

「不行，精神一直很渙散，先休息吧。」

有些提不起幹勁的我隨即登出絕對神境。

當我在床上甦醒並摘下ＶＲ裝置後，驚覺額頭和後頸都布滿汗水。

「咦？我忘了關暖氣嗎？」

總覺得身體莫名燥熱，於是我朝著自己的頸部用手搧風。

接著在我準備起身之際，忽然感到一陣疲倦，並有一股惡寒竄過背脊。

「哥哥，你在嗎？是時候可以把ＶＲ裝置還我了吧～」

感到身體不適的我緩緩步出房間。

站在走廊上的美羽一見到我便劈頭討要ＶＲ裝置。

「啊，美羽……」

我輕聲呼喚美羽的名字並抬頭望向她，只見她一臉驚訝地看著我。

「唉唷，哥哥，你的氣色看起來很糟喔！難不成是被我傳染感冒了？」

「……感覺上……應該沒那回事，我沒有感冒才對。」

「少騙人了～！你等一下，我把放在房間裡的體溫計拿過來。」

美羽立刻把我推回臥室內，接著拿體溫計幫我量體溫——結果是三十七度八。

「哥哥你果真感冒了。你該不會也熬夜打電玩吧？」

「嗯~這結果莫名讓人難以接受耶……」

被哄上床休息的我如此呢喃，同時抬頭望著一臉擔心又略顯欣喜的美羽。

「我說美羽啊，妳為何看起來挺開心的？」

「因為之前都是哥哥你在照顧我，這次就換我來照顧哥哥！真叫人躍躍欲試呢！」

「很遺憾這種事並不會發生。」

其實我在美羽感冒時就已提前做好準備。

假如我也感冒的話，這些準備能讓我自己一人安心養病。

「美羽妳不必做菜給我吃，因為我已買好微波加熱就能吃的即食粥。至於髒衣物放著就好，爸媽在放假時會一併洗掉。我跟妳不一樣，吃完藥後會乖乖休息，所以妳不必操心。」

「唔~……之前都是哥哥你在照顧我，這次換我來照顧你又沒關係。」

看著嘟起豐唇如此抗議的美羽，我從嘴裡呼出一口有些燥熱的嘆息。

「那麼——麻煩妳幫我泡一壺紅茶，記得在裡面添加砂糖。」

「好的！交給我吧！」

相信泡壺紅茶這點小事可以拜託美羽，畢竟睡了一覺出汗之後，先在枕邊放一壺紅茶能方便我補充水分。

目送美羽走出房間後，我脫掉被汗水染溼的衣服，換上睡衣安分地躺在被窩裡。

「得將我感冒的事情知會媽媽他們一聲，今天的晚餐就交給他們處理，以及美羽明天起的午餐……話說美羽才剛治好感冒，希望她別太逞強。」

明明我都已經感冒了，卻開始擔心起美羽的三餐和其他瑣事，害我無法好好入睡。

直到三天之後，我的身體才終於康復。

第三章　紋章與交易

在照料完生病的美羽幾天後，我也因為感冒而病倒，結果令不少人擔心了。

『聽說云小弟你也因為感冒在家養病嗎？身體狀況還好嗎？聽小繆說你是被她傳染的。』

「我沒事，單純是季節交替讓我有些身體不適罷了。」

面對透過好友通訊關心我的瑪琦小姐，我回答說自己不要緊。

感冒已經治好的我，實在記不清類似的談話內容在今天之內重複過多少次了。

當我養好身子登入絕對神境後，與我有交情而操足了心的玩家們，紛紛歡迎我的歸來。

諸如瑪琦小姐、庫洛德以及利利等生產職業的同好們、【加油工坊】的熟客們、塔克的隊友們、繆的隊友們、賽伊姊跟御雷神所屬公會【八百萬神】的成員們、艾蜜莉同學、蕾緹雅、蓓爾、萊娜以及阿爾等許許多多的玩家們，大家都透過選單的好友通訊或私訊功能對我表達關切。

『是嗎？但你千萬別逞強喔，姊姊我是真的很擔心你。』

「不好意思讓妳操心了。不過我也只是幾天沒上線，是你們太大驚小怪了。」

我老實地表達心中歉意，卻又認為大家有點小題大作。

我是喜歡玩絕對神境，一有空就會把握時間登入遊戲，但之前我也有過一連幾天都沒上線的紀錄。

『是沒錯啦，可是聽見熟人感冒總會免不了擔心吧？像我還忍不住查閱起有助於治療感冒的方法喔。』

我很感謝瑪琦小姐的好意，於是對著好友通訊畫面露出微笑。

『總之，很高興看到你已經康復了。』

「謝謝妳這麼關心我。另外我想請教一件事，總覺得絕對神境的攤販區看起來跟以前不太一樣是嗎？」

我露骨地轉移話題，針對自己幾天沒上線走出【加油工坊】時所感受到的異樣感提出問題。

「明明攤販賣的素材全都漲價，卻沒看見利用這些素材製成的道具流通於市面上，而且有太多種類的道具都一起漲價了。」

『啊～你想問這個呀。』

一臉想發牢騷的瑪琦小姐便為我解惑。

『還記得之前更新時追加的NPC紋章商店嗎？』

「嗯，我在剛更新完沒多久時恰好經過那裡，就買了幾包來試試手氣。」

總之我確保的紋章數量，至少有達到開啟【星門】的最低門檻。

『由於紋章商店有開放每日限定一次的收集任務，只要透過指定素材就能兌換對應的紋章，因此絕對神境內所有的素材道具就跟著漲價了。』

「這樣啊。因為漲價的素材有包含【加油工坊】生產藥水時會用到的那幾種，才讓我不禁有些在意，這樣的話我就能理解了。」

儘管收集任務是每日限解一次，不過大家考量到日後仍會需要，於是紛紛開始囤積素材。

相信這次的漲價風波只是暫時性。

就算攤販賣的素材道具單價有所提高，仍不至於對【加油工坊】的藥水售價造成影響。

『我想這對云小弟你應該不會造成影響……』

「嗯……？難道妳碰上了什麼問題嗎？瑪琦小姐。」

『那個……確實是有碰上一個問題。』

瑪琦小姐接下來說出的內容，就是在我養病期間發生於絕對神境裡的事情。

【轉賣公會】看準了【星門】系統即將復出，便立刻盯上此系統不可或缺的道具，也就是先一步開放的紋章。

於是他們總會搶在第一時間，把固定時間補貨的紋章商店內所有商品一掃而空。

「咦!?意思是紋章全被【轉賣商會】給獨占了!?」

『沒錯，因此現在很難從紋章商店買到紋章，另外【轉賣公會】的攤位也開始高額收購各種紋章。』

絕對神境中的ＮＰＣ商店是每日庫存都有固定數量，並不能無止盡向ＮＰＣ購買所提供的商品。

基於上述原因，若是商品供不應求就會暫時漲價。

【轉賣公會】就是在此情況下運用人海戰術獨占所有紋章，藉此不當炒作價格。

「可、可是關於紋章的取得管道，還有直接與紋章商店進行兌換不是嗎!?」

『話是這麼說沒錯啦……』

瑪琦小姐之所以回答得吞吞吐吐，是因為就算紋章商店有每日限定一次的收集任務能供人兌換紋章，卻仍然無法滿足市場上的需求。

外加上想取得稀有紋章，就必須以相對應的稀有素材來兌換。

能抵達【迷宮都市】的中堅玩家們都具備一定實力，比起老老實實去兌換紋章，大多人都情願購買內容物隨機的紋章袋來賭運氣……偏偏紋章袋全被【轉賣公會】給買光了。

「這真叫人傷腦筋耶。」

『就是說啊，而且紋章不是生產系玩家能製造的道具，導致大家苦無方法制衡。』

眼下就只能耐心等待紋章慢慢普及，交由時間來解決了。

『但還是很令人不甘心耶～』

「是啊，不過距離【星門】開放還有一段時間，透過兌換來取得最低門檻的紋章量也只需數天，以這種方式向現實妥協就好啦。」

『就因為沒耐心又不肯妥協而選擇花錢解決的大有人在，【轉賣公會】才有利可圖。』

瑪琦小姐忍不住低聲抱怨。

這或許也是大家對【星門】系統抱持期待的一種表現方式吧——我淡然地如此心想。

此時，我將自己因為感冒而沒能上線拜託瑪琦小姐的事情說了出來。

「對了，瑪琦小姐，等我湊齊【隕星礦石碎片】之後，可以請妳利用【隕星鋼】幫我替損壞的黑鐵製十字鎬升級嗎？」

『喔～！你是說那個稀有礦石呀！其實我在讓【精金礦石】錠塊化時恰好陷入瓶頸，正在想方設法升級【鍛造】天賦喔！』

「那我多收集點帶去給妳。」

『嗯嗯！云小弟你就順便趁此機會強化切肉刀吧。另外可以拜託你也幫我收集所需的【隕星礦石碎片】嗎？我會支付你報酬的。』

其實之前在挖掘【精金礦石】時，黑鐵製十字鎬被我弄壞了好幾把。

既然目前無法透過【精金礦石】製作十字鎬，比起繼續犧牲黑鐵製十字鎬，我情願先準備更高階的十字鎬。

「好的，我會盡可能多收集點。」

『謝啦，真是幫了我一個大忙。倘若可行的話，我也想親自走一趟【恐龍平原】。』

結束此話題後，我繼續透過好友通訊，和瑪琦小姐談笑風生地度過一段愉快的時光。

『那先拜囉，云小弟。』

「好的，謝謝妳來電關心。」

結束與瑪琦小姐的通訊後，我開始思考接下來要做什麼。

剛養好病的我不能太晚睡。

可以採集【隕星礦石碎片】的時間帶是晚上七點至清晨四點，出乎意料還挺長的。

因此剛入夜的這段時間也能採集。

白天登入時，我決定先補充【加油工坊】的商品和管理藥草田，另外再去鎮上逛逛，就這麼以這些事情為主，悠哉打發時間好了。

「那就馬上去鬧出事情的紋章商店看看吧。」

我迅速起身，召喚出許久不見的利維跟柘榴。

大概是這段期間太寂寞的緣故，看著牠們卯足了勁撒嬌的模樣，我忍不住稍稍露出苦笑，同時往迷你傳送點走去。

接著——

「這裡就是【紋章商店・總店】啊～」

絕對神境中的紋章商店攤販都會在固定地點擺攤。

不過提供兌換紋章任務的NPC，就只會出現在【迷宮城鎮】的【紋章商店・總店】裡。

「嗚哇～……這裡擠了真多人。」

紋章商店前大排長龍，我、利維以及柘榴都被這幕光景驚呆了。

「沒辦法啦，等晚點再過來好了。話說這究竟是什麼情況？」

「怎麼？妳是第一次看見這種事嗎？」

因為我的自言自語，在附近擺攤的玩家主動找我攀談。

「嗯，其實我這幾天感冒沒能登入絕對神境。是有聽說紋章取得不易，但我萬萬沒想到居然這麼嚴重。」

與我攀談的擺攤玩家和我一樣望向人龍，然後開口幫忙解惑。

「這群玩家是抓準紋章袋重新補貨的時間點才跑來排隊。畢竟總店的補貨量比較多，外加上中堅以下的玩家無法通過溼地帶，所以這裡比其他地方更有機會買到紋章袋。另外也因為存貨較多的關係，轉賣公會就更難掃貨，不過——」

擺攤玩家說到一半，便將目光從人龍移往在其他地方擺攤的攤販上。

「他們就這麼明目張膽地轉賣紋章～」

該攤販賣的商品是各種紋章都幾十萬G，稀有紋章則是兩百萬G，集滿目前開放所有紋章的【紋章收藏冊】是每本一千萬G，令我當場大吃一驚。

「嗚哇，雖然早已聽說，但沒想到是直接在紋章商店門口轉賣耶。」

「真不知這場騷動何時才會平息耶～其實我平常都在這裡擺攤，卻因為這附近最近總是人滿為患，搞得一般玩家爭相走避。」

語畢，這位擺攤玩家聳了聳肩。

此人所賣商品都並非兌換紋章的素材，大多是給【調合】天賦使用的素材，儘管價格偏高，不過都在誤差範圍內。

「可以請你賣我這附近的生產素材嗎？」

「喔，妳願意買呀！真是太感謝妳了！謝謝惠顧！」

我是想說差額就當作給對方的情報費，於是二話不說地直接購買。

然後我決定直到【紋章商店・總店】的人潮散去以前，帶著利維與柘榴一起在【迷宮城鎮】裡享受逛街的樂趣。

一段時間後我重新回到【紋章商店・總店】門口，由於紋章袋已銷售一空，群聚在此的玩家們也逐漸散去。

但還是有玩家逗留在現場。

至於這些玩家——

「也不知這是我第幾次購買了！拜託快給我稀有紋章吧！」

手持多包紋章袋的該名玩家，當著其他玩家的面逐一打開袋子，將裡頭的紋章展示出來。

若是獲得重複的紋章，周遭人就會大笑並給予安慰。

若是獲得全新的紋章，周遭人便紛紛道賀。

當該玩家獲得稀有紋章時，當事人欣喜若狂，反觀周圍卻不斷傳出了噓聲。

算是衍伸出另類的娛樂方式。

至於獲得稀有紋章的那名玩家，立刻前往【轉賣公會】的攤販把稀有紋章賣掉。

「啊～怪不得【轉賣公會】永遠不會消失～」

仔細觀察，【轉賣公會】並非只有轉賣，也會進行收購。

我認為就是因為有玩家受收購的價格利誘，為了將紋章變賣給【轉賣公會】，於是爭相排隊搶購，才導致紋章袋一直供不應求。

「這下子真的只能耐心等待這場騷動平息下來了～」

感覺這算得上是某種熱潮，想想也是莫可奈何。

另一方面，在與紋章商店門口稍有一段距離的地方，還有玩家正在開啟紋章袋。

我發現裡面有兩位熟人。

「終於被我買到了！」

「就是說啊，小萊。基於預算的限制，我們就只能各買一袋。」

「來，阿爾，我們一起開喔——『預備～！』」

我所熟識的兩名後輩玩家，同時打開紋章袋確認內容物。

「是普通紋章【獸】。」

「我的是罕見紋章【植物】。」

「唔唔唔～我居然輸給阿爾！」

萊娜氣得原地跺腳，阿爾則是開心地看著自己手中那顆【植物】紋章。

當我還在猶豫是否該上前搭話之際，注意到我的兩人隨即跑了過來。

「──云姊！」

「唔、嗯，自上次好友通訊之後是好久不見了？」

我歪著頭以疑問詞跟兩人打招呼。

萊娜與阿爾先是一臉擔憂，但很快又顯得十分開心，不斷更換臉上表情。

「聽說云姊妳得了感冒，現在有好多了嗎？」

「託二位的福，現在已經康復了。」

「那真是太好了，云姊妳也是來買紋章袋嗎？」

萊娜得知我已康復是鬆了一口氣，阿爾則問我出現在此的理由。

「我並非來買紋章袋，而是想要兌換紋章。我之前看見店門前大排長龍，於是等到人潮散去後才回來這裡。」

我解釋完後，萊娜裝出一副不感興趣的樣子，不停側眼偷瞄我說：

「那、那個，云姊妳……是打算來兌換什麼紋章呢？」

瞧她那副早已穿幫的模樣，我稍稍露出苦笑回答說：

「嗯，因為我剛好湊齊素材，決定來兌換【星】之紋章。」

「記得【星】是稀有紋章吧！不愧是云姊，妳真是太厲害了！」

阿爾雙眼發亮地望著我。那道純真的目光對我而言是太過耀眼了。

畢竟我只是專注在生產職業上慢慢玩，感覺萊娜和阿爾不久之後就會超越我了。

「那我去兌換紋章——你們想來觀摩嗎？好吧。」

語畢，我便領著兩人走進【紋章商店・總店】。

「不好意思，我想兌換紋章。」

「好的，歡迎光臨，請問您要以何種素材兌換紋章？」

【兌換紋章】——這是每日限定一次的收集任務。

負責受理此任務的女性ＮＰＣ，將紋章的兌換表展示在我面前。

我毫不猶豫地點選以兩個【隕星鋼】錠塊兌換【星】之紋章的選項，並從所持道具欄中取出素材。

「我已收到您提供的素材。這就是【星】之紋章。歡迎您再度光臨。」

於是，我便取得每名玩家每日只能兌換一次的紋章。

「整個過程還滿公式化的。既然是兌換稀有紋章，至少再多給點表示也好嘛。」

「我是覺得這樣就ＯＫ了。」

我露出苦笑摸了摸萊娜的頭，她因為自己被當成孩子般對待而一臉不悅。

反觀阿爾正在確認紋章的兌換表。

「如果阿爾你有指定的素材，乾脆順便來兌換紋章如何？」

「沒關係，況且我也沒有這些素材。」

如此回答的阿爾尷尬一笑，然後再次將目光對準方才那張紋章兌換表。

阿爾所看的兌換表裡幾乎都是普通紋章，絕大多數都是容易收集的素材。

基於這個原因，指定素材都需要一定的數量才能夠兌換紋章。

不過——

「假如針對普通紋章所需的素材收集，無須多久就能夠湊齊數量喔。」

「這是真的嗎？云姊。」

「嗯，話說你們想兌換哪個紋章？」

被我這麼一問，兩人同時指向【森】之紋章。

關於兩人所需要的素材，我想起一處能有效收集該素材的地點。

「這些素材的話，在第二城鎮鄰近的森林裡都可以收集到喔。」

「真的嗎!?果然任何事情都難不倒云姊！」

「小萊，云姊是大病初癒，不可以這樣勉強人家啦。」

在講好之後，我與許久沒一起玩的萊娜以及阿爾組隊，就這麼前往收集素材。

此行以採集為主，原則上是成長後的萊娜跟阿爾負責保護我。

而我則是透過附魔來輔助兩人戰鬥，最終順利收集到足以兌換【森】之紋章的素材數量。

●

採集完素材後，萊娜和阿爾成功換得【森】之紋章。

再加上之前買到的，兩人總共有三顆紋章。

這麼一來，他們就擁有最低限度的紋章數量，可以製作開啟【星門】用的紋章詞綴。

與兩人道別後，我便單獨探索度過一段悠閒的時光。

我平常玩絕對神境時，就是專注於管理【加油工坊】的藥草田、培養種在溫室裡的【寒山葡萄】與【碧白葡萄】的樹苗，以及將田裡採來的藥草製成藥水。

因為現在已產出少量的【碧白葡萄】，我便參考【森林血命酒】的調合比例，把它加進木桶裡來調製新酒。

並且趁此機會又開始釀造【森林血命酒】，同時忍不住開始幻想拿這些酒製作出紅酒燉牛肉等肉類料理。

入夜後就會帶著利維和柘榴，為了尋求【隕星礦石碎片】在【恐龍平原】上追逐流星。

有時則趁著等待流星出現的期間，去接觸迅猛龍群或溫和的草食性恐龍型MOB來享樂。

另外會把握自己在絕對神境活動的空檔，努力收集能向【紋章商店・總店】兌換紋章的素材。

隨著紋章的增加，目前保管在【紋章收藏冊】裡的紋章分別是稀有品級一種、罕見品級一種，還有普通品級五種。

在【轉賣公會】的影響之下，紋章的價格依舊居高不下，沒有任何降價的跡象。

就在這時，有兩個人對於紋章一事跑來找我訴苦。

「小云……我想要的稀有紋章一直拿不到。」

賽伊姊一直有前往紋章商店購買紋章袋，或許是讀心晶片在作祟，導致她一直拿不到最後的稀有紋章而相當失落。

「啊，賽伊姊妳想要收集所有紋章的額外獎勵呀。」

「明明只差一種稀有品級、一種罕見品級和兩種普通品級，偏偏卻總是抽不到。」

賽伊姊難過地向我吐苦水。

坐在櫃檯旁的另一名來訪者・塔克也不悅地抱怨說：

「我則是一顆紋章都沒有。」

「賽伊姊妳這邊主要是機率問題，我也不便說什麼。至於塔克你是一包紋章袋都沒買嗎？甚至還不去兌換紋章？」

「我一直抽不出時間去買紋章袋。至於兌換紋章這部分，因為我想請【名匠】NPC製作我想收藏的武器，所以沒有多餘的素材。」

那你就先別請【名匠】NPC製作武器啊——我不由得在心中如此吐槽。

將所需素材交給位於巨岩體內的【名匠】NPC，它就會代為製作對應的武器。

由於NPC製造的武器會隨機附加特殊效果，依照效果組合的不同，其性能有可能不輸玩家製作的武器，塔克似乎就是基於這點才沉迷於其中。

「我是存了不少錢，但實在不想花大錢買紋章，因此到現在是一顆都沒有。」

語畢，塔克罕見地發出一聲嘆息。

「也是啦，畢竟價格真的炒太高了～」

「對吧？所以我才決定把紋章的事情先拋諸腦後，等到【星門】系統上線時再拜託甘茲等人幫忙開啟就好。」

當個甩手掌櫃當真沒關係嗎？我白了塔克一眼。但只要湊齊足夠的紋章，就可以組成開啟【星門】的紋章詞綴。

意思是不必大家都擁有相同的紋章，隊友們分別提供所需的紋章即可。

「想想大家攜手挑戰由全體成員各自提供一顆紋章所生成的地城，也不失為是一種樂趣。」

大概是對於這種端看運氣生成的地城感到躍躍欲試，塔克也笑著露出一口白牙。

「小云，你有聽說【生產公會】那邊對哄抬紋章價格一事，會採取何種對策嗎？」

賽伊姊以充滿期待的口吻提問，我卻只能搖頭以對。

「很遺憾目前最有效的手段，就是留待時間解決。」

畢竟生產職業無法製造紋章，不能提高流通於市面上的數量，因此市場被【轉賣公會】獨占的情形仍會持續下去。

另外就算【生產公會】去搶購紋章，也難以維持穩定的價格提供給一般玩家。

縱使藉由競標來決定價格，可是基於大眾對新系統的期待，不難想像最終得標的金額和【轉賣公會】的售價並不會相差太多。

「事實上【轉賣公會】販賣的紋章價格已開始下跌。雖然只跌了一點點而已。」

儘管稀有紋章的價格沒有變化，不過【轉賣公會】已開始壓低收購普通品級這類常見紋章的價格，連帶導致賣價跟著下跌。

但跌幅老實說是挺微妙的。

「唉～真希望至少普通紋章的取得方式能變得簡單點。」

「是啊，我相信等普通紋章的賣價跌到比紋章袋還便宜時，價格就會回穩了。」

每包紋章袋的的售價是五萬G，低品級紋章的收購價則是十萬G，因此現在購買紋章袋仍處於穩賺不賠的狀態。

一旦收購價跌至兩、三萬G，搶購紋章袋的人數理當就會變少。

可是要產生這種狀況，就必須有大量的普通紋章流入市面。

「如此一來，終究只能耐心等待了。」

「既然這樣，我還是收集素材去兌換想要的紋章好了。」

語畢，塔克與賽伊姊同時嘆了口氣。

於是我沒有多想，將日前發生的某件事當成話題說了出口。

「我之前帶著結識的玩家們一起去收集普通紋章的指定素材，如果以有效率的方式去收集那幾種素材，其實短期內就能夠搞定囉～」

「……（小）云，你是說真的嗎？」」

塔克跟賽伊姊狀似想確認地繼續追問，我嚇得連忙點頭。

「啊，嗯，有很多都是泛用素材，集中收集的話很快就能湊齊了。」

我說完後，就將用來兌換【紋章收藏冊】裡，其中四十種普通紋章的指定素材列舉出來。

並將可以迅速採集這些素材的區域，直接標記在絕對神境的手寫地圖上。

「咦……我完全沒注意到這點。若是在這個範圍內，感覺很快就能湊齊素材去兌換我所缺少的普通紋章。」

「嗯，這或許還可以順便解決紋章價格居高不下的問題。」

兩人在看見這張地圖似乎閃過某些靈感。

「云，真虧你能發現這些。不對，這些資料是原本就有，早知道把這些一併納入考量了。」

「小云你真棒，這可說是以收集素材為主的你，才有辦法找出的大發現呢！」

「你們兩人是想到什麼了？」

因為我正忙著標記地圖而沒能跟上話題，塔克被我這麼一問才慢條斯理地開口解釋。

「云，你知道全體玩家裡有幾成的人想獲得紋章嗎？」

「這還用問？應該是所有玩家吧？」

畢竟是全新的遊戲系統，任何玩家都會好奇才對。

但塔克搖頭否定了這個答案，賽伊姊便接下去說明。

「【星門】就只會設置在【迷宮城鎮】裡，因此這個系統自然是抵達該處的玩家們才能夠利用。」

至於抵達【迷宮城鎮】的玩家們，並非所有人都會去關注紋章。

原因是大家就只能在有限的時間內享受絕對神境這款遊戲。

所以並沒有太多玩家會把時間花費在尚未開放的遊戲系統上。

「這類玩家就只會在出外冒險時順手採集素材。一旦這類玩家增加，兌換紋章的數量自然也會增加，進而提升市面上的流通量。」

再加上【轉賣公會】正在高價收購紋章，兌換之後賣給【轉賣公會】還能順便賺外快。

「但光是這樣依然不足。剛好在兌換普通紋章的指定素材之中，有一些掉落道具是取自等級恰好適合讓剛擺脫新手階段的新興玩家們獵殺的ＭＯＢ。

只要我們護送這類玩家來【迷宮城鎮】登錄傳送點的話……」

就有玩家為了賺錢而努力兌換紋章並拋售。

「到時候——流通於市面上的紋章數量必然大增。」

收集任務是限定每名玩家每日只能兌換一顆紋章。

但只要誘導大量玩家願意去兌換紋章，就有機會令普通紋章的價格崩盤。

另外——

「對了，記得溼地帶的頭目是黑影人。」

黑影人是具有非固定外觀且能夠製造分身的頭目級人型ＭＯＢ。

它是出沒於溼地帶區域的頭目級ＭＯＢ，其戰鬥方式相當特殊。

若是無法在限定時間內擊敗它就會直接消失，將無法取得它的掉落道具。

但反過來說就是只要玩家能撐過這段時間，即使拿不到掉落道具也算獲勝，就此通過溼地帶。

「想熬過與黑影人戰鬥的限定時間，老實說並不困難。」

只要有一名高等玩家負責帶隊，原則上是滿簡單的。

「可是，真有辦法如此輕易就提高紋章的流通量？」

有多少玩家尚未兌換紋章？有多少玩家願意花時間去兌換紋章？

倘若沒能掌握這部分的具體數字，無人敢保證實際上會發揮出多少成效。

不過，塔克和賽伊姊的反應是——

「即便失敗也無所謂吧？我們只是提供一些小技巧來掀起話題，唆使其他玩家來解收集任務，縱然失敗也不會導致紋章的價格不降反升吧？」

「沒錯，另外【八百萬神】的高等成員們正在為下個月的遠征做準備，無奈中堅以下的成員們沒有充足的戰力能參加遠征。這麼做也能給暫時沒事做的他們找點樂子。」

就算計畫失敗也沒關係，只要玩得開心就好——面對如此堅稱的塔克以及賽伊姊，被說服的我不禁回以苦笑。

「可是集中兌換一種紋章的話，同一種紋章在【紋章收藏冊】裡最多也只能存放十顆，在這之後又得收集兌換其他紋章的指定素材吧？」

「是可以這麼說，不過我覺得這將會促使玩家之間開始互相交易多出來的紋章。」

「而且比起前往陌生的區域收集新素材，倒不如繼續收集同一種素材會更有效率。」塔克繼賽伊姊之後提出看法。想想這意見也頗有道理的。

「對耶，玩家之間也可以進行交易。」

「沒錯，除了誘導新興玩家去兌換紋章，也順便打造出供人交易紋章的會場，當玩家之間開始交易紋章，市價也就會跟著下跌吧？」

賽伊姊和塔克的腦中似乎冒出各種新點子。

「看來這下子有得忙了，得拜託【生產公會】的小瑪琦他們來幫忙才行。」

「我也去聯絡認識的朋友們。」

找我吐完苦水，心情舒暢的兩人，馬上為了實踐自己的計畫而展開行動。

「塔克、賽伊姊，有我能幫上忙的地方嗎？」

我對這類以玩家為主體的活動是一竅不通，但還是想盡一份力而開口詢問。

「說得也是，單靠兌換紋章這個理由來誘使新興玩家參與或許會成效不彰，但這部分交給我們來構思是完全沒問題。」

「這、這樣啊……」

我聽完不禁沮喪地垂下雙肩。

賽伊姊看見狀，便建議我說：

「小云你乾脆也成為此活動的參與者如何？」

「我嗎？」

「畢竟小云你對快速收集素材兌換紋章這方面很有一套吧？何不試著去跟人交易紋章呢？」

意思是我在此之前先盡可能收集紋章，等到交易大會當天再好好享受與其他玩家交易紋章的樂趣。

我點頭同意賽伊姊的提案。

「……好的，那我就參加這場交易大會吧。」

討論結束後，我目送賽伊姊與塔克離開【加油工坊】。

直到紋章交易大會開始之前，我都會趁著入夜的短暫時間前往【恐龍平原】，與利維和栢榴聯手四處奔走尋求【隕星礦石碎片】，就這麼度過一段忙碌的時光。

●

一週後，塔克跟賽伊姊聯絡各自認識的玩家們，提出了增加紋章流通量的協助計畫。

雖然以新興玩家為主的協助計畫略顯粗糙，不過眾人仍馬上執行。

響應的玩家們先是將同公會內尚未抵達【迷宮城鎮】的玩家們送到該處，藉此增加兌換紋章人員。

大家再利用這個帶隊經驗，分頭引領或支援沒加入公會的隊伍前來，這股支援風潮便逐漸擴散出去。

另一方面，紋章交易大會也正在緊鑼密鼓地籌辦中。

到了當天——

「云小弟，現場聚集了不少人耶。」

「就是說啊，這裡便是賽伊姊提出讓大家交易紋章的會場。」

我和瑪琦小姐來到了紋章交易會場。

看著現場那些已收集到多種紋章、打算與其他玩家談判交易獲取目標紋章的玩家們，我忽然感到有些不安。

「我們手邊的紋章就只有這麼一點，這樣當真沒問題嗎？」

「你放心，我們的籌碼可是稀有紋章喔。」

我直到今天以前都在收集【隕星礦石碎片】，不過這個素材還有其他用途。

就是替壞掉的黑鐵製十字鎬以及切肉刀・重黑升級，我便將素材帶到瑪琦小姐的【芝麻開門】。

當時我向瑪琦小姐提起塔克和賽伊姊討論的紋章交易一事後，她對此事相當感興趣。

『我之前也有聽賽伊說過，交易是嗎～話說我可以跟你一起去收集【隕星礦石碎片】嗎？』

『當然可以。』

於是，瑪琦小姐與她的搭檔魔冰狼（Fenrir）・里克爾，也一同加入收集【隕星礦石碎片】的行列。

首先得帶瑪琦小姐穿過【飛龍山脈】，不過靠著我的領路和里克爾的機動力，我們就這麼完全沒被飛龍發現地順利通過。

我和瑪琦小姐抵達【恐龍平原】後，便在流星墜落的夜間時段一起收集【隕星礦石碎片】。

收集效率遠比獨自一人高出許多，於是我很快就湊齊十字鎬和切肉刀所需要的素材數量。

然後我將素材、十字鎬還有切肉刀通通交給瑪琦小姐，請她幫忙升級。

由於瑪琦小姐除此之外還得幫忙強化露嘉特等人的武器，因此她表示得過段時間才能夠完工。

至於多餘的素材就用來完成每日限定兌換一次紋章的收集任務，拿去兌換僅有三種的稀有紋章之中的【星】之紋章。

最終結果是我獲得七顆【星】之紋章，以及三種普通紋章各一顆。

瑪琦小姐則擁有四顆【星】之紋章。

之後我們又將各自多出來的【隕星鋼】湊起來多換一顆【星】之紋章，當作是我們兩人共同擁有，就這麼一起來到紋章交易會場。

順帶一提，在我和瑪琦小姐一同收集【隕星礦石碎片】的時候，我有展示過自己被柘榴附身時的狀態，以及試騎一下成獸化的里克爾，結果惹得利維打翻醋罈子等等，就這麼玩得不亦樂乎。

「瑪琦小姐，妳有看上什麼紋章嗎？」

「嗯～我比較想要容易讓人聯想到金屬的紋章，所以是【山】、【金】、【土】這類的紋章吧。」

由於公測版當時有開放過【星門】跟【紋章】，因此有人已將各紋章大致上的效果統整出來，我也有閱讀過該份資料。

我因為瑪琦小姐不失自身風格的選擇而稍稍露出苦笑，她看見後便對我拋出同個問題。

「云小弟，你又是看上什麼紋章呢？」

「咦，我嗎？我沒有深入想過耶～……」

語畢，我便翻開自己的【紋章收藏冊】，確認著頁面上那些因為尚未取得而呈現灰色文字的各個紋章陷入思緒。

「如果硬要說出一個……就是【晴朗】吧。」

「哎呀，真意外你會看上天候紋章，我還以為你會挑選和藥水素材比較有關的【森】呢。」

確實我也挺想要後者，但我根本不需與人交易，光靠手邊素材就可以經由紋章商店的收集任務進行兌換。

「我單純想說若要找個能放鬆的地方，當地氣候最好是晴空萬里。」

「啊～記得公測版的【星門】可以生成沒有ＭＯＢ出沒的區域喔。」

「所以我想利用【晴朗】紋章來指定天候，然後帶利維和柘榴去沒有ＭＯＢ出沒的區域踏青。」

畢竟最近都是帶牠們去入夜後的【恐龍平原】散步，希望能讓牠們有機會在陽光下盡情奔跑。

「既然如此，等等在交易紋章時可得好好努力了！」

「是……！話雖如此，我們該如何與對方提出交易呢？」

我對紋章的價值及交易比值都一竅不通。

就算以前在交易道具時有過與對方交涉的經驗，但因為次數不多，所以我沒什麼自信。

「這種時候，你可以把那個來當成參考喔。」

在瑪琦小姐所指的前方，能看見【轉賣公會】以紋章品級為基準所公布的價目表。

稀有紋章的單價是兩百萬Ｇ，罕見紋章是五十萬Ｇ，普通紋章則是十萬Ｇ。

——但那終究只是粗估的價格，玩家雙方若想達成協議，出價條件總是會因人而異。

「那就由我先來吧。畢竟稀有紋章只有三種，而我們擁有好幾顆其中一種紋章，所以大可放手與對方討價還價！」

儘管瑪琦小姐說得充滿自信，但又很猶豫該找誰交易，在我們穿梭於會場一段時間後，突然有人主動攀談。

「那邊的兩位小姊姊，方便打擾一下嗎？妳們要不要跟我交易？」
「好啊，那就公開彼此的【紋章收藏冊】吧。」
一名男性玩家喊住我和瑪琦小姐，瑪琦小姐便立刻回應。
雖然我對自己被人誤以為是女性而心生不滿，但還是默默關注著瑪琦小姐與男性玩家之間的談話。
「喲～小姊姊妳有【星】之紋章啊。」
「沒錯，但我能交易的就只有一顆，你想拿什麼來交換呀？」
男性玩家似乎對【星】之紋章頗感興趣，於是他翻開自己的【紋章收藏冊】反覆思索。
「這個如何？小姊姊，這可是挺稀有的紋章喔。」
男性玩家說完便展示出一顆紋章。
光靠外觀是無法評斷紋章的品級，但他手上那顆是名為【平原】的普通紋章。
面對如此廉價的提案，瑪琦小姐完全不當一回事地斷然拒絕。
「很遺憾我可不想跟你這種把普通品級說成稀有品級的人交易。假使你真想交易的話，就拿出同品級的稀有紋章或好幾顆低階紋章來瞧瞧。」

「我們走，云小弟。」瑪琦小姐馬上結束談判，轉身準備走人。

該名男性玩家本想追過來，不過周圍玩家都有聽見瑪琦小姐與對方的交談，於是紛紛上前擋住那個人的去路。

「瑪琦小姐，原來也有那種謊報品級的玩家耶。可是這麼不給對方面子沒關係嗎？」

「無妨無妨，像那種一開始就想透過騙術來談判的玩家都很難搞，而且就算那小子把自己所有的紋章通通交出來也換不起呀。」

我剛剛也有稍微瞄了一眼，該玩家就只擁有幾種普通紋章，外加上數量也不多。

於是我同樣很快就把先前那名男性玩家的事情拋諸腦後，繼續走在會場裡尋找下個交易對象。

這段期間，我和瑪琦小姐目睹了各式各樣的交易現場。

比方說多名玩家拿出各自多餘的普通紋章，來互相交換自己所缺少的。

面對擁有一枚稀有紋章的玩家，隊伍成員們分別拿出一顆罕見紋章來交換。

或是特別執著於特定紋章而決定湊滿上限的玩家。

享受交易與達成協議的基準皆因人而異。

至於我與瑪琦小姐的下一名交易對象——

「我們想集滿目前開放的所有種類！請問是否能跟我們交易呢？」

「意思是你們每一種紋章都擁有好幾顆囉？」

如此說著的瑪琦小姐走向該玩家。

「方便請教一下你們還缺哪幾種紋章？」

「分別是稀有品級的【星】跟【月】，以及罕見品級的【暗】，一共是三種。」

「我剛好有【星】之紋章，那要來交換嗎？」

「可以嗎!?真是太感謝妳了！妳想挑哪個呢!?」

該玩家展示出的【紋章收藏冊】就如她所說，總共五十種的收納格幾乎都快填滿了。

至於普通和罕見紋章的收納格裡，分別都裝有好幾顆。

「你們已經收集到好多種了，這些是怎麼來的？」

「這本【紋章收藏冊】是公會共有的，公會成員們為了在【星門】開放時可以立刻前往各自想去的區域，才決定聯手將種類湊齊。」

原來是多名玩家一起合作才收集到這麼多的種類——我與瑪琦小姐聽完便釋懷了。

「妳想換什麼呢？其實我們有把多出來的紋章保存在其他本收藏冊裡。要是妳不介意種類的話，我們願意拿二十顆普通品級跟妳交換。」

「我都ＯＫ。」

瑪琦小姐接受對方開出的條件，於是換到【平原】、【山】的地形紋章及【水】、【風】的屬性紋章各三顆，而【亞人】與【獸】的魔物紋章則是各四顆。

「謝謝，這下子距離湊齊種類又邁進一步了。」

「我也很高興能增加種類和數量。」

身為公會會長的該玩家在鞠躬道謝後便離開了。

「瑪琦小姐，妳的談判方式真俐落呢。」

「沒那回事啦。為了能增加種類，就拿多餘的普通紋章去交換缺少的普通紋章吧。」

不過在此之前，接下來輪到云小弟你囉——瑪琦小姐對我露出一個充滿期許的笑容。

「我也非得找人交易不可吧。」

「沒錯。加油喔，云小弟！」

在瑪琦小姐的聲援下，我鼓起勇氣向附近的玩家搭話。

「那、那個！請跟我交易好嗎!?」

「可以呀，你想拿什麼紋章交易呢？」

這支隊伍裡有男有女，見對方回應的態度稀鬆平常，我不禁鬆了一口氣。

我指著【紋章收藏冊】裡的【星】之紋章。

「可以用【星】之紋章跟你們交易嗎？」

「嗯～這樣的話……可以用三顆罕見加五顆普通跟妳交換嗎？但我們也只能拿多出來的紋章交換，所以不能指定種類。」

「啊，沒問題。」

我同意後便拿出自己的【星】之紋章，與對方交換罕見品級【大】的尺寸紋章一顆、【暗】的屬性紋章兩顆，以及五顆普通紋章。

看著換來的普通紋章裡有【泉】的地形紋章與【晴朗】的天候紋章，讓我喜不自勝。

由整個隊伍成員一起共用紋章的他們是按照公定市價交換，令我感到一

陣安心。

就在這時，對方忽然提議說：

「假如可以的話，能跟妳再換一顆【星】之紋章嗎？」

「咦？還想再換一顆？」

他們已經換了一顆，為何還想要呢？我困惑地歪過頭去，對方便給出解釋。

「其實我們是想多確保一顆與人交易。原因是手握稀有紋章的玩家們經常會獅子大開口，反觀妳們就不會這樣，願意以合理的比值來交易。」

想必是對方看見我保管在【紋章收藏冊】裡有多顆【星】之紋章，才會這麼提議吧。

「方便讓我跟朋友討論一下嗎？」

「好的。」

於是我找瑪琦小姐商量說：

「瑪琦小姐，要不要我們拿共有的【星】之紋章跟人交易，再一起平分換來的紋章呢？」

「喔，你決定這麼做呀，云小弟。我個人是沒意見啦。」

「我會優先挑選瑪琦小姐妳想要的紋章。」

「你不必跟我那麼客氣啦。」瑪琦小姐忍不住對我回以苦笑，並輕輕地點了個頭。

與瑪琦小姐商討後，我決定接受對方的提案。

「我是同意拿【星】之紋章來交易，但可以讓我指定其中幾顆紋章的種類嗎？」

他們聽見我的回應時顯得有些緊張，但我裝作沒看見接著說：

「若是你們有【金】和【土】的紋章，我想優先交換這些。」

對方認為即使失去被我指定的這兩種，但只要把多換來的【星】之紋章當作籌碼，肯定能夠在之後的交易補回來，於是接受我的提案。

最後我用與瑪琦小姐共有的這顆【星】之紋章，換取兩顆罕見品級加上十顆普通品級的紋章。

我把瑪琦小姐想要的紋章先交給她，接著平分剩下的紋章。

在這之後，我與瑪琦小姐繼續以【星】之紋章為籌碼，跟人交換同為稀有品級的紋章，或是一口氣換取好幾顆罕見跟普通品級的紋章。

有時也會互相展示出彼此的【紋章收藏冊】，以多餘的普通紋章與對方交換各自所欠缺的種類。

另外為了與其他玩家進行交流，我們也會順應對方的要求將多出來的紋章拿來交換。

最終——

「真厲害～我只差一點就能湊滿【紋章收藏冊】裡所有的種類了。」

「我也收集到將近七成的種類了。」

我們成功實現當初的目標，不僅確保原本看上的紋章，還盡可能換取大量的紋章來湊滿所有種類。

——紋章分別有地形、天候、屬性、魔物、尺寸以及性質等類型。

我翻閱著依照特性分門別類的【紋章收藏冊】。

「嗯～……在收集到這麼多紋章以後，就讓人忍不住想把缺少的種類補齊。」

「【轉賣公會】就是抓準人們的這種心態。有不少人就是覺得既然能用錢輕鬆湊齊所有種類……於是不惜花大錢去跟他們交易。」

經瑪琦小姐這麼一提，我暗自發誓要克制好自己的慾望。

「小云、小瑪琦，歡迎呀。如何？過程還算開心嗎？」

「啊，賽伊姊。」

我循著聲音望去，身為這場紋章交易大會主辦人的賽伊姊走了過來。

「賽伊姊妳看，我透過交易收集到滿多種的紋章喔。」

「我也用云小弟幫忙收集來的紋章，換到不少自己原本沒有的種類喔。」

賽伊姊聽完我與瑪琦小姐的成果報告後，臉上掛著微笑的同時略顯羨慕說：

「其實我也好想與人交易，不過身為主辦者的我，光是管理現場秩序就分身乏術了。」

我扭頭觀察周圍，發現還在交易的玩家人數比起一開始少了許多。

大概是很多人都已經換到想要的紋章，或是沒有能拿來交易的紋章，於是漸漸離開會場。

既然現在沒那麼多人，賽伊姊應該也有空找人交易了。

但也因為人數變少的緣故，賽伊姊將更不容易換到自己想要的紋章。

於是我向賽伊姊提議說：

「那就跟我交易吧？」

「咦，可以嗎？」

「嗯，雖然我不一定擁有賽伊姊妳想要的紋章，但就當作是這場大會的紀念吧。」

畢竟賽伊姊如此努力籌辦這場大會，偏偏身為主辦者的她就只能在一旁乾瞪眼，白白錯失這個難得的機會。

基於上述想法而如此提議的我拿出【紋章收藏冊】，與賽伊姊互相確認各自所擁有的紋章。

「啊，小云你有我想要的每種紋章呢。」

賽伊姊缺少的紋章總共有四種，我手邊剛好各有一顆。

而她想要的其中一種就是【星】之紋章。

「啊，賽伊姊妳缺少的稀有紋章就是【星】啊。」

「嗚～雖然全都想要，可是我沒有充足的紋章能跟你交換……」

由於我們兩人都已收集到九成的種類，彼此缺少的紋章又沒有多餘的數量能互相交換，因此當賽伊姊準備放棄之際——

「那我就用賽伊姊妳想要的四顆紋章，直接換妳四顆多餘的紋章吧。」

「咦，但那些都是普通紋章喔？小云。」

被我指定的那些紋章全是普通品級。

因為那些都是我已經有的種類，想說就換來當成日後與人交易的籌碼。

「無妨，反正我靠紋章商店的任務就可以再拿到稀有品級的【星】之紋章。儘管交換的品級有落差，但至少數量一樣對吧？」

我笑著表示自己這樣就心滿意足，賽伊姊卻認為我太吃虧了。

「這真像是云小弟你的作風呢。」瑪琦小姐不由得露出苦笑，默默關注著我們。

為了說服遲遲不肯點頭的賽伊姊，我提出另一個條件。

「要不然這樣好了，關於湊齊所有種類額外贈送的獎勵，可以請妳收到後再告訴我是什麼嗎？其實我對此也挺好奇的。」

我打馬虎眼地搔了搔自己的臉頰如此提議，賽伊姊先是稍稍斂下眼眸，停頓片刻後才終於接受了。

「……我明白了，那我就承蒙小云你的好意囉，謝謝。」

在達成協議後，賽伊姊順利湊齊【紋章收藏冊】裡的五十種紋章。

【紋章收藏冊】的某一頁突然開始發光。

接著書本自動翻開該頁，並在空白的書頁上浮現出白色文字。

——【紋章收藏冊】第一階段的種類已全數湊齊。

就此解開稀有紋章【強化】的封印。

賽伊姊的選單裡忽然出現上述通知。

然後她開始解說這顆完成收集後所獲得的稀有紋章。

「在公測版裡，這顆【強化】紋章是透過一般管道就能夠取得了。」

「這樣啊。」

瑪琦小姐似乎早就知道這件事，不過從正式版才加入遊戲的我，非常專注地聆聽【強化】紋章的相關說明。

「其效果是若在組合紋章詞綴的最後加上它，生成的領域與地城種類都不會產生變化，不過出沒於其中的敵對MOB將得到【強化】。」

「喔~它的特性不同於屬性或天候，而是單純用來強化敵對MOB的紋章啊。」

「等到【星門】開放以後，我就帶小云你前往【強化】後的地城吧。」

「沒、沒關係，賽伊姊的好意我心領了，畢竟我並不想與強敵交手。」

像賽伊姊這種高階玩家會開心前往挑戰的MOB，老實說我並不覺得自已擁有與之一戰的能耐。

瑪琦小姐見狀後，輕笑出聲幫我緩頰說：

「云小弟喜歡的會是【弱化】紋章，但它並不在目前開放的紋章清單裡，就只能耐心等待囉。」

瑪琦小姐似乎感受到我是真心十分排斥挑戰強敵。

至於瑪琦小姐提到的【弱化】紋章是曾經出現在公測版裡的紋章之一，不過在復出的紋章系統之中，它屬於尚未實裝的紋章。

【星門】與紋章系統在公測版當時之所以不受歡迎的原因，就是官方一口氣把遠比現有五十種多出好幾倍的紋章通通開放，而且紋章還是一次性的消耗品。

基於上述原因，玩家很難收集到想要的紋章。

也難以組合出想再去玩一次的紋章詞綴——因為諸如此類的理由，外加上體驗過該系統的玩家相當有限，於是這個不受大眾賞識的系統便隨著公測版的結束被打入冷宮。

附帶一提，【弱化】紋章是能讓出沒於其中的敵對ＭＯＢ通通變弱，完全就是我會喜歡的。

被瑪琦小姐說服的賽伊姊再次向我道謝，而我在這之後便返回【加油工坊】。

第四章　星門與組合

透過紋章交易取得多種紋章的我，總會不時把【紋章收藏冊】翻開來，在腦中想像著要以怎樣的組合來創造領域或地城，直到【星門】開放前就這樣過了一段時間。

至於現在──

「妳想修改【夢幻居民】的外觀吧。之前是有聽妳說了個大概，但還是麻煩妳再解釋一次。」

「嗯，就是我被柘榴附身時會長出尾巴，因為被斗篷蓋住會不太舒服，所以想請你修改成能讓尾巴露出來。」

我帶著利維和柘榴來到【柯姆涅斯提咖啡服飾店】，委託庫洛德幫忙修改妨礙認知斗篷【夢幻居民】的外觀。

其實我很早之前就想來這裡了，無奈雙方的時間難以配合，直到現在才終於有空見面。

「嗯，既然如此，就以縱向的方式把它裁開吧。可是讓尾巴露在斗篷外面將導致【妨礙認知】的效果變弱，這樣也無所謂嗎？」

「這部分也是莫可奈何，我已經看開了。況且沒附身時就不影響吧。」

「這倒是不影響。我會裁出一條縫隙，但為了讓妳在沒附身時仍保有相同效果，我會在縫隙處加上釦子。」

我不覺得各方面都能達到十全十美，因此早已有覺悟必須得接受一定程度的妥協。

庫洛德為了讓【夢幻居民】能夠更符合我的需求，拿著剪刀抵在斗篷的下襬處，往上裁出一條高度達到腰部的縫隙。

我在這段期間與庫洛德閒話家常，同時幫利維、柘榴以及庫洛德的好搭檔‧幸運貓(Lucky cat)襪子刷毛。

「對了，紋章的價格終於回穩了。」

「對啊，關鍵就在於【星門】系統正式開放了。」

絕對神境已在上週的準週年慶第二階段更新裡開放【星門】，並且追加多種全新的紋章。

【迷宮城鎮】內至今一直封鎖的建築物終於開放，裡頭有著整齊排列的圓環狀傳送裝置。

此遊戲系統是讓玩家可以在圓環狀傳送裝置前的臺座上排列紋章組成詞綴，藉此啟動【星門】前往生成的區域。

至此，實裝的【星門】系統與公測版本之間的差異終於明朗化。

在公測版裡惹人詬病的紋章，正如大家預料地改為非一次性的消耗型道具。

至於公測版沒有的新要素，就是玩家通關【星門】生成的區域後，可以隨機獲取紋章。

外加上其他各種原因，被【轉賣公會】大肆哄抬的紋章價格就這麼漸漸跌至合理範圍。

「其中讓人覺得遺憾的部分，就是協助新興玩家和提供交易平臺對紋章的價格並沒有多少影響。」

「就只是讓價格稍微下跌一些，反正當作是一種活動就好，而且妳跟瑪琦也一塊玩得挺開心吧？」

「嗯~算是一次難得的體驗。」

我點頭同意克洛德的話語，並看著外觀逐漸被修改的【夢幻居民】。

「好，完成了。」

大功告成的庫洛德將【夢幻居民】斗篷遞給我，並建議我現場試穿。

於是——

「為了當成今後的參考，請妳務必趁現在讓柘榴附身，化成狐狸少女的狀態讓我瞧瞧！」

「咦~我不要，為何非得展示給你看啊？」

明明只是試穿看看改造後的斗篷有沒有不合身的地方，庫洛德卻要求我讓柘榴附身。

「因為今後或許又會出現【附身】技能導致身體產生變化的玩家啊！身為裁縫師想親眼確認這點！另外我也想瞧瞧狐狸少女到底長什麼樣子！明明妳都讓瑪琦跟利利見識過了，唯獨我還沒看過！這太不公平了！」

我與瑪琦小姐一同前往【恐龍平原】收集【隕星礦石碎片】的時候，我有在休息時讓她看看我被柘榴附身的模樣。

利利則是在柘榴成獸化當時給他看過一次。

確實唯獨庫洛德還沒見過我被柘榴附身後的樣子——

「你也不必露出這種打從心底感到非常懊惱的表情吧。」

「這可是幻想作品中的狐狸少女喔！並非戴上獸耳頭箍那類的髮飾喔！我光是在腦中想像，就忍不住想著手設計適合狐狸少女的服飾喔！」

語畢，庫洛德便將多張服裝設計圖展示在我面前，害我嚇得當場倒退好幾步。

「我就是不想在其他人的面前進行附身嘛！」

在我嚴詞拒絕之際，終於出現兩名能幫忙阻止庫洛德的幫手。

「請用茶點，云小姐、庫洛德先生。」

「庫洛德先生你很吵耶，麻煩安靜點啦。」

「拉提穆先生、卡莉安小姐。」

拉提穆先生與卡莉安小姐都是玩家，他們在【柯姆涅斯提咖啡服飾店】裡擔任服務生。

看著把茶點端來的拉提穆先生，以及舉起銀製托盤拍向庫洛德的後腦杓阻止他失控的卡莉安小姐，我不禁稍稍安心下來。

「庫洛德先生，你又在那邊胡言亂語給云小姐造成困擾。」

「並沒有那回事，我只是基於求知的好奇心。」

「假如是求知的好奇心，我相信不會露出這種飢渴的表情。」

庫洛德耍帥地推了推自己的眼鏡，不過一想到他方才的反應就讓人無言以對。

「那我這就去試穿看看。」

「為了避免庫洛德先生跑去偷窺妳試穿，我會負責監視他的。」

「我才不會做出那種事，只要讓我瞧瞧云的狐狸少女狀態，並且透過觸覺確認一下是長成什麼樣子就好。」

庫洛德此話一出，立刻被襪子賞了一記貓掌，利維與卡莉安小姐則是白了他一眼。

確認庫洛德已被眾人監視之後，我相信自己應該不會被人偷窺，於是帶著柘榴走進試衣間。

我披上庫洛德修改好的斗篷，對柘榴下達指示。

「柘榴，麻煩你囉──《附身》！」

『啾！』

柘榴一聽見指示便撲向我的胸口，並順勢進入體內。

我的頭頂隨即長出一對黑色耳朵，斗篷在鼓起之後，生成的三條尾巴順利從縫隙中伸出來，並開心地左右擺動。

「嗯，看起來應該不會妨礙活動。柘榴，你用尾巴碰一下我的右手。」

附身後的柘榴會用尾巴進行自動防禦和迎擊動作，甚至還能夠輔助我的行動。為了確認實際狀況，我要牠將其中一條尾巴輕輕抵在我的右手上。

緊接著是伸向我的左手。透過上下左右的移動，確認尾巴的活動是否會受影響。

「嗯，看起來都沒問題。柘榴，可以解除附身了。」

聽見指示的柘榴立刻從我體內跑出來，輕盈地落於地板上。

我脫下【夢幻居民】走出試衣間，發現庫洛德他們正喝著茶等我回來。

「如何？云，有沒有哪裡不合身嗎？」

「完全沒問題，真是太感謝你了。」

「這點小事不值一提，而且我也收下報酬了。」

庫洛德瀟灑地說著。

真希望他能一直維持這樣的正常狀態——我不由得露出苦笑。但在下個瞬間，庫洛德忽然換上一個不懷好意的笑容。

與此同時——砰！砰砰！

『啾!?啾～！』

栢榴被清脆的爆炸聲及飛散的紙片嚇到，連忙逃進我的體內強制《附身》。

我、拉提穆先生與卡莉安小姐都被這陣騷動驚呆了，唯獨庫洛德得意洋洋地發出「哼哼哼」的笑聲。

「這是【自動拉炮】，原本是針對派對活動設計的整人道具，看來確實有正常運作。」

這個整人道具是使用者可以自由設定，當有人行經指定地點時就會自動發出拉炮聲。

如此一來就不會錯過使用拉炮的時機——某NPC基於上述理由所販售的這個趣味道具，如今就用在我的身上。

「——不許看！」

我基於害羞和錯愕而反射性地大叫出聲。

隨著這聲大叫，栢榴的三條尾巴開始攻擊庫洛德。

第一條尾巴由下往上撞向庫洛德，剩下的兩條尾巴也迅速追擊，當場把他打飛出去。

「啊，糟糕……」

我不小心發出充滿敵意的聲音，導致柘榴發動攻擊。

其實我無意動粗……於是連忙上前確認庫洛德的狀況，只見成獸化的襪子就這麼不斷在庫洛德的肚子上跳來跳去，宛如想要他反省似地給予教訓。

「唔！我說……襪子啊……快停下……噗呼……」

「云小姐請不必介意，這對庫洛德先生來說是一般日常。」

「可、可是……我好像做得太過火了。」

「云小姐真是心地善良，不過妳大可放心，倘若不這麼好好教訓一番的話，庫洛德先生是不會反省的。」

我就這麼被拉提穆先生和卡莉安小姐給說服了。

「不過，云小姐妳當真會在身上長出柘榴的耳朵與尾巴呢。」

「那個……卡莉安小姐？」

卡莉安小姐在我的周圍走來走去，仔細觀察我被附身後的變化。

「可以稍微摸一下妳的耳朵跟尾巴嗎？」

「不可以。」

卡莉安小姐出於好奇而想撫摸附身後長出的耳朵跟尾巴，於是向我徵求同意，我在一口拒絕後便立刻解除附身。

庫洛德和卡莉安小姐紛紛發出深感遺憾的嘆息。我對此充耳不聞，直接拿錢支付修改斗篷的費用。

「妳在這之後有何安排嗎？云。」

「……我會先去看看實裝後的【星門】吧。」

結完帳後，看著已從地上起身、泰然自若坐在沙發上喝茶的庫洛德，我不禁佩服起這個人堅定的心性。

「是嗎？如果妳有發現不錯的紋章詞綴記得分享一下，我會支付對應的酬金。」

瑪琦小姐應該正忙著利用【隕星鋼】錠塊改造露嘉特跟希諾的武器，並且幫我將寄放在她那裡的十字鎬和切肉刀升級才對。

利利製作加利恩帆船的工程聽說已接近尾聲，得使用祕銀與藍光礦石合金所製鉚釘的船體部分幾乎完工，因此需要的鉚釘數量也漸漸減少。

由於帆布是由庫洛德幫忙準備，因此【星門】對兩人來說，優先順序並沒有那麼高。

「好的，我會找找看有沒有能令庫洛德或瑪琦小姐等人滿意的場所。」

我說完便走出【柯姆涅斯提咖啡服飾店】。

●

我離開【柯姆涅斯提咖啡服飾店】之後，帶著利維與柘榴從第一城鎮的傳送點前往【迷宮城鎮】。

「那麼，就去看看【星門】是個什麼樣的地方吧。」

走進最近更新才開放的建築物裡，內部有十座圓環狀傳送裝置【星門】整齊地排列在一起。

「這就是【星門】……」

儘管已看過簡介，但實體的雄偉外觀仍令我相當震撼。

在呈現藍色的圓環側面，刻有與紋章挺相似的白色幾何圖形。

各星門前都有一個頂部呈現斜切面的圓柱狀臺座，把【紋章收藏冊】擺在上面，利用書裡三至十個紋章組成詞綴之後，就可以穿過【星門】前往生成的區域。

「我也立刻來嘗試看看吧。」

我領著利維和柘榴往前走，趁著排隊的時候拿出【紋章收藏冊】，提前想好要組合的紋章詞綴。

「嗯～就先用三個紋章來組成詞綴吧。【晴朗】和【極小】已經確定，剩下的一個要用什麼呢……？」

耐心排隊的我，低頭看著尚未集滿全部種類但仍有不少選擇的各式紋章。

聽說就算使用重複的紋章，生成區域的細部參數也會因為紋章的組成順序而有所變化。

而且——

「喔，輪到我了。那就這個紋章吧。」

我將取出的【紋章收藏冊】放在臺座上，使用半透明的系統選單點擊紋章圖示。

「最終的決定是——【晴朗】、【極小】、【島】！」

【星門】根據所選紋章開始生成區域，圓環內的銀色水面隨即產生陣陣波紋。

「唔、忽然覺得有點害怕……不管了，快進去吧。」

我小心翼翼地接近波光粼粼的銀色圓環，然後閉起雙眼跳了進去。

穿過圓環的我膽顫心驚地睜開眼睛，眼前盡是一片浩瀚的天際。

能感受到天上的太陽比以往更接近自己，島嶼外側是整片無垠的雲海而非海洋——這裡明顯是一座空中小島。

「哇～原來是有著這樣的環境啊。」

回頭望去，【星門】的圓環就位於背後，周圍則是平坦遼闊的草原。

【星門】的銀色水面再次產生波紋，跟隨我的利維跟柘榴慢一步走了進來。

柘榴順勢撲進我的懷裡。

「嗚哇!?你還好吧？柘榴。」

「啾！」

柘榴狀似想表達自己不要緊地發出一聲鳴叫，隨即從我的懷裡跳下去，並且開始扭頭觀察四周。

「雖說這裡是一座島，卻是飄在空中的島嶼。」

記得夏令營活動的舞臺也是空中島嶼，不過我透過紋章詞綴生成的此處是一座迷你島嶼。

因為我是挑選【島】之紋章，起先還以為是長滿南國椰子樹或位於湖泊中央的小島，這樣的空中島嶼可說是讓我始料未及。

「啾~」

「嗯，這裡真的很高呢。頗嚇人的。」

像這樣位於高空，颳來的風令人心曠神怡，不過距離太陽較近的緣故，感覺陽光特別強烈。

從島嶼外緣低頭俯視的栢榴，被這驚人的海拔高度嚇得兩腿發軟，不由得慢慢倒退。

「果然因為【極小】的關係導致這座島特別小。另外……四處都沒看到敵對MOB。」

這座無須幾分鐘就能逛完一圈的小島，原則上沒有任何特別之處。

「嗯~雖說待在這裡放鬆一下挺不錯的，但我還想逛逛其他區域，就先回去吧。」

我向跟過來的利維以及栢榴徵求意見，利維乖巧地點了個頭，而栢榴似乎對這座飄在高空的小島感到害怕，拚了命地不停用力點頭。

「那我們回去囉。」

我們跳進位於島嶼中央的【星門】，順利回到原本的建築物內。

「唉～又得重新排隊了～」

我發完牢騷便走到排隊使用【星門】的隊列裡。

這段期間，我暗中觀察附近玩家並偷聽他們的談話。

「每個紋章都有對生成區域造成影響的預設值，紋章的組合順序會令參數產生變化。比方說某紋章放在第一個會影響天候參數，置於第二個卻是提升MOB的強度。」

「原來是透過這種方式來決定區域所缺少的數據啊。所以就算使用相同的紋章生成區域，最終仍會產生微小的差異。」

「之所以會生成類似的區域，就是因為紋章用來生成區域的參數已經固定，諸如MOB的種類、地形以及天候等等。」

原來【星門】是利用這種方式來生成區域啊——豎起耳朵聆聽的我如此心想。

假如針對各紋章的參數變化驗證，似乎就可以預測出會生成怎樣的區域了。

「啊～剛剛去的區域還不賴，偏偏我忘記是怎樣的紋章詞綴了。」

「要是忘記的話，【紋章收藏冊】最後面那頁有紋章詞綴的使用紀錄，你可以從那邊確認。之後還能替紀錄添加標籤，或是把其他人提供的紋章詞綴保存下來。」

能添加標籤？沒想到還有這種功能。如此一來，就可以在使用臺座時馬上找到想前往的區域囉——聽見這些小技巧後，我開始思考下一個詞綴組合。

「只使用三個紋章所產生的區域似乎都沒有道具，敵對MOB應該也很弱，我這次不如就多用幾個紋章好了？」

於是下個紋章詞綴——我挑選【森】、【水】、【晴朗】、【獸】跟【星】這五個紋章，然後迅速跳進【星門】裡。

我決定使用不易取得的稀有紋章，至於抵達的區域——

「哇～可以看見銀河耶。」

在不見任何雲朵的夜空裡有一條壯麗無比的銀河，是個由森林與湖泊組成、空氣十分清新的地方。

此處有數種獸系MOB出沒，但都沒有主動攻擊的跡象。

「想想近來經常在晚上前往【恐龍平原】散步。入夜的區域是很不錯，倘若我調整組合順序，會不會變成白天呢？」

我在喃喃自語的同時繼續觀察此區域。

在這片空間屬於中型規模的區域裡，能看見幾種非主動攻擊的獸型ＭＯＢ在路上徘徊，深處則有一隻狀似頭目，非常巨大的獸型ＭＯＢ正在睡覺。

「這裡全是非主動怪，難不成是哪顆紋章發揮作用嗎？喔、有藥草耶，就順便摘回去吧。」

瞧這些ＭＯＢ都很和平，於是我隨手採了一些素材就返回【星門】。

事後我才得知【太陽】、【星】、【月】這三種稀有紋章除了會影響天候以外，其實還具備另一項特性。

稀有紋章【太陽】會讓出沒的ＭＯＢ都變成主動怪。

稀有紋章【星】會令出沒的ＭＯＢ都化為非主動怪。

最後的稀有紋章【月】則會導致出沒的ＭＯＢ都亞種化，相傳這效果是最為棘手的。

亞種的特徵是除了ＭＯＢ的顏色產生變化，整體能力都獲得提升以外，戰鬥時的行為模式還會變得更聰明且複雜。

若是再加上集滿第一階段所有紋章所贈送的報酬・【強化】紋章，將會生成既難纏又可怕的ＭＯＢ。

基於上述原因，這也成了高等玩家們在練功時，必定會使用的紋章組合之一。

於是我參考這些情報，隨心所欲地對紋章進行各種組合。

結果讓我找到了下著小雨的荒野、烏雲密布的平原、四面環海頗具規模的島嶼、洞窟以及地城等各式區域。

其中比較特殊的組合——

「啊~只要【極小】配上【洞窟】就會生成最小規模的地城。」

我使用透過六顆紋章產生的這片區域，是個只由【星門】所在窟室與頭目房組成的葫蘆狀洞窟地城。

「啊，因為我在詞綴裡加入【無機物】和【大】這兩種紋章，所以有個看似相當強悍的頭目在這裡……」

頭目MOB名叫閃光巨魔像，是個全身以鋼鐵組成的魔像。

這個魔像型MOB的全身上下都鑲有黃色寶珠，每當寶珠發亮就會產生靜電，模樣顯得十分嚇人。

「單獨一人去挑戰它……不行不行，這太勉強了。」

這個最小規模的地城除此以外就沒有可看之處了，於是我便透過【星門】

返回城內。

「咦？那不是塔克他們嗎？」

這群眼熟的玩家們並沒有在排隊等著使用【星門】，而是待在遠處互相交談。

「喔，你也來啦，云。」

塔克似乎聽見我的聲音，他扭頭並抬起一隻手向我打招呼。

在他身邊能看見甘茲、凱、米妮茲以及瑪咪小姐等那群熟面孔。

「塔克，你們待在這裡做什麼？」

「我們正在收集紋章詞綴的相關情報。畢竟昨天在一無所知的情況下就跑去開啟【星門】，這次打算先打聽一下紋章的個別與組合效果再生成區域。」

「喔～原來如此。」

「瞧你似乎剛從【星門】出來，是刷完哪個地城了嗎？」

面對塔克的詢問，我回以苦笑搖搖頭說：

「我只是在尋找風景優美或好玩有趣的地方，再來就是適合採集或挖礦的區域吧。」

雖然截至目前為止，都尚未發現符合我期望的紋章詞綴。

「但你應該已經嘗試過幾種紋章詞綴吧？就分享一下組合讓我當作參考吧。」

「紋章的組合嗎？」

塔克被我一問便回答說：

「比如說在詞綴裡加入【獸】與【獸】兩個相同的紋章，就會產生強上數階的獸型ＭＯＢ，這算是眾所周知的組合之一。」

若是重複加入被稱為魔物紋章的類型時，該系列的ＭＯＢ就會變強。

「假如同時添加【獸】和【亞人】這類魔物紋章，就會出現狗頭人、半獸人或狼人等等，【蟲】與【亞人】則聽說會碰上阿刺克涅、蜘蛛怪、昆蟲戰士之類的敵對ＭＯＢ。」

「喔～感覺上就像是透過【合成】天賦來生成ＭＯＢ耶。」

要是屬性紋章【火】加上魔物紋章【獸】的話，似乎就會產生火屬性的獸型ＭＯＢ。

相傳添加三個【獸】紋章就會出現奇美拉，【獸】和【蟲】則會生成蠍獅之類的ＭＯＢ……

「雖然實際情況是加入相同紋章就會提升ＭＯＢ強度，不過【獸】加上

【蟲】的紋章，大多都是同時出現獸型ＭＯＢ和蟲型ＭＯＢ兩種敵人。」

塔克表示奇美拉與蠍獅這類ＭＯＢ可能需要其他特定的紋章詞綴才會出現，但至少目前還沒有人試出來。

儘管我沒有想挑戰，不過聽說尚未發現仍感到有些遺憾。

「另外即使碰上跟一般野外或區域相同的頭目ＭＯＢ，掉落的道具似乎也不太一樣。」

比如說出沒於第一至第三城鎮途中的魔像，它們掉落的稀有道具是【地精石】。

可是出沒在【星門】所創區域內的魔像，相傳掉落的稀有道具不再是【地精石】，而是改為紋章。

至於自【星門】獲得的紋章，聽說會根據紋章詞綴的屬性和敵對ＭＯＢ的強度來決定掉落的是哪一種。

「這樣啊，假如前往馬上就會遭遇頭目戰的極小地城，或許可以靠迅速通關來刷紋章。」

「先等一下，云，你說極小地城是什麼意思？」

當我點著頭如此喃喃自語時，塔克對極小地城一詞感到好奇。

「極小地城是只由【星門】所在房間和頭目房組成的地城，感覺應該是以【極小】和【洞窟】這兩種紋章來組合就會產生。」

我分享完先前發現的其中一種詞綴組合之後，塔克等人都露出『原來還有這種組合』的神情。

「這我倒是完全沒注意到。因為極小會導致區域的範圍變得很狹窄，不過難度較高的區域可能就只有一隻頭目MOB出現在裡面。」

按照詞綴組合的不同，或許有適合用來練等或刷紋章的區域也說不定——甘茲與凱朝著彼此點了個頭。

「這我就不清楚了，你覺得能派上用場嗎？」

「嗯，雖說仍需要繼續測試跟驗證，但我認為【極小】紋章相當有用。」

老實說，我個人是看不出極小地城的實用性。

不過看在塔克等人的眼中似乎非常好用，想想也算是可喜可賀。

「我們難得有機會見面，云要不要跟我們組隊一起去挑戰【星門】啊？」

「我嗎？」

「畢竟我們人數充足，每人從各自擁有的紋章中挑選一顆，就以這樣的方式來組合紋章詞綴。」

這就是之前聊到的趣味之一。

對於這種不知會生成何種區域而給人帶來新鮮感的玩法，我立刻點頭答應。

「嗯，那我就嘗試一次看看吧。」

於是我抱持體驗一次也好的心情與塔克等人組隊，一同排隊等待使用【星門】。

排隊期間，大家商量好擺放紋章的先後順序，並各自從手邊的紋章裡挑出一顆。

「我數到三，大家就同時秀出自己挑選的紋章吧。」

「「「一、二、三！」」」

在塔克喊出三的瞬間，六顆紋章同時出現在眼前。

按照先前說好的順序便是——【森】、【森】、【獸】、【土】、【雨】、【晴朗】。

「喔，感覺會是挺有意思的紋章詞綴。」

不同於覺得這會很有趣的塔克，甘茲罕見地露出一個嫌惡的表情。

「那、那個，大家要不要改個紋章？至少讓【森】的紋章換個順序，或是把【雨】跟【晴朗】其中一個紋章換掉如何？」

「不行，這麼做就失去原本的意義了。好，我們上！」

甘茲向塔克提議將我們所選的紋章稍作修改，卻被塔克一口拒絕了。

「快走吧，甘茲。」

「啊，等！我還沒做好心理準——嗚哇啊！」

甘茲還在猶豫不決之際，結果被米妮茲一把拉進【星門】之中。

凱和瑪咪小姐則是緊接在甘茲跟米尼茲之後走進去。

「為何甘茲會如此反對呢？」

「你進去就知道啦。」

甘茲是在排斥什麼呢？我不解地歪著頭，與塔克一同穿過【星門】。

至於我們抵達的區域——

「啊~看起來應該是晴天，雨天的要素又在哪呢？」

當我們進入【星門】後，觀察四周即可從樹木間的縫隙看見晴朗的藍天。

「幸好不是什麼奇怪的區域……」

率先進來的甘茲在觀察完這片森林區域便鬆了口氣。

此處乍看之下是一片很普通的樹林，可是邁出一步後發現身體異常沉重，於是我馬上確認自己的狀態欄。

「咦？為何會多出【能力值下降・中】以及【ＭＰ消耗量增加】這兩種異常狀態啊!?」

看著無法使用道具解除的異常狀態，我感到相當困惑。

「嗯～該說這點程度不算什麼嗎？不對，眼下還是大意不得。」

塔克狀似在進入【星門】以前，就已經料到會碰上這種狀況。

接著他望向一臉驚呆的我問說：

「其實在公測版的時候，這類組合在甘茲心中留下不小的陰影。云是首次碰上這種狀況嗎？」

「我不懂你說的這種狀況是指哪種狀況，但我確實是第一次剛進入區域就中了異常狀態。」

塔克聽完我的回答便解釋說：

「假如紋章組合太過奇怪，或是脫離既定規則的時候，就會引發又被稱為

【錯誤詞綴】的現象。」

「既定規則？【錯誤詞綴】？」

我反問後，塔克點頭回應。

「嗯，系統在每種紋章裡都有加入一個通稱矛盾值的內部參數。假如該參數超過一定值，相傳生成的區域就會對玩家造成不良影響。」

比方說連續使用同一種紋章，就很容易產生負面影響。

或是【晴朗】與【陰天】跟【雨】這類紋章同時使用。

【大型】跟【小型】或【極小】這類相反的尺寸紋章互相搭配時也一樣。

當然這種例外的組合有時仍會成立，不過大多情況都是紋章詞綴的矛盾值過高而產生減益效果。

「較弱的減益效果有【飽腹度減少】、【能力值下降·極小】或【常駐：ＭＰ減少】等等，假如減益效果太嚴重別說是戰鬥，就連探索都辦不到。」

「因為這系統在公測版裡有太多ＢＵＧ，導致玩家莫名觸發【錯誤詞綴】，結果碰上各種神祕現象，或是生成色彩繽紛到令人快要精神錯亂的區域等等，才在甘茲的心中留下陰影。」

「這個系統重新開放後，【錯誤詞綴】對玩家造成的不良影響有能力值低下、HP跟MP減少、敵對MOB主動攻擊化且感應範圍擴大、敵對MOB的能力值上升等等，倘若這類要素同時出現的話，難度將會一口氣暴增許多。」

「唔、嗯……原來還會產生這種效果啊。」

我瑟瑟發抖地點了個頭。

不過因此在心中留下陰影的就只有甘茲一人，其他人對於這個現象好像都不太排斥。

「在公測版裡，我們玩家認為【錯誤詞綴】根本不是給人玩的，於是又把它稱為BUG區域。雖說系統內原本就有矛盾值這項參數，偏偏在公測版裡硬是將紋章的效果完全套用進去，才導致那些強行透過紋章詞綴生成的區域充滿BUG，或是發生色彩異常的狀況。」

「原來如此～」

聽完塔克的說明，我不由得心生佩服。

【錯誤詞綴】所造成的色彩異常，似乎會產生出紅色天空、黑色太陽、綠色海洋以及紫色森林這類超乎想像的風景。

基於上述理由，公測版的【錯誤詞綴】也算不上是無藥可救的負面要素。

「那麼，現在的【錯誤詞綴】都沒問題了嗎？」

一旁的凱開口為我解惑。

「ＢＵＧ部分是已經全部修復，卻聽說某幾種廣受好評的異色區域仍有保留下來。」

儘管是因為ＢＵＧ產生的，不過這類出自偶然的產物想想也挺有意思的——我聽完凱的說明後不禁如此心想。

故意引發【錯誤詞綴】來尋找這種異色風景，感覺好像頗有趣的。

「這麼一來，組合紋章詞綴時可得三思而後行呢。要是隨便亂組的話，很容易導致名為矛盾值的參數增加太多。」

「其實也有人故意引發【錯誤詞綴】，藉此享受能力受限或容易吸引敵對ＭＯＢ的特殊玩法。」

塔克以這段話來為說明總結。

結束這段漫長的解說後，我們隨即開始探索以【錯誤詞綴】生成的森林區域。

「【錯誤詞綴】不同於一般區域，大家若有注意到什麼異狀就馬上說。」

眾人點頭同意塔克的提醒，各司其職地探索著這片森林區域。

區域本身並不大，抵達邊界時，會以迴圈的方式讓人誤以為空間永無止境。

敵對ＭＯＢ只有出沒於第一城鎮東側森林的巨型野豬，並沒有頭目ＭＯＢ。

差異點則在於——

「總覺得攻擊力好弱……」

我射了一箭把遠處的巨型野豬吸引過來。

相較於以前，我的裝備是更加完善，等級和能力值也提升了不少。

不過以黑處女長弓射出的箭矢威力明顯變弱，就算有貫穿巨型野豬的毛皮，造成的傷口卻不深。

「難道是敵對ＭＯＢ的能力值有得到強化？假如用以往的方式戰鬥可能會平白受傷，麻煩幫大家附魔一下。」

「好的。《附魔》——攻擊、防禦、速度！」

我替塔克等前鋒們賦予三重附魔之後，很快就打倒那頭強化巨型野豬，只見它化成光點慢慢消失。

「以我們現在的等級來說，這樣的結果算是很正常。」

語畢，我們上前確認打倒強化巨型野豬後所取得的掉落道具——

「巨型野豬肉……話說回來，難道是受到紋章效果的影響只會掉肉？」

等大家多打倒幾隻再次確認成果時，發現都只獲得【巨型野豬肉】和【上等巨型野豬肉】而已。

順帶一提，ＭＯＢ的上等食材屬於稀有掉落物。

這有可能是【錯誤詞綴】給玩家帶來為數不多的增益效果。

「換言之，這個紋章詞綴算是【豬肉森林】……」

這名稱聽起來讓人滿不舒服的。

話雖如此，大家都還是想獲取食材，便繼續刷巨型野豬肉。

儘管敵人偏弱，但終究有獲得強化，於是我讓使役ＭＯＢ利維和柘榴也參加戰鬥，並拜託牠們幫忙收集掉落的肉。

「喔，官方發布新公告了。」

當我們收集肉剛好告一段落時，塔克停下動作，透過選單的訊息通知確認來自官方的新公告。

並當場朗讀出來。

「【準週年慶改版的最終更新公告】——」

【準週年慶改版】以階段性的方式依序開放【紋章】跟【星門】。

至於最終階段的內容是——

「——『本次更新追加了【星門】系統專用特殊任務【天賦擴充任務・來自鏡面存在的挑戰書】，此任務是單人、小隊或團隊等方式都能前往挑戰的特殊副本』。」

我也大略看了一下公告裡的最終更新內容。

這個任務算是官方對全體玩家們所下的挑戰書吧。

此天賦擴充任務是使用無須紋章也能直接開啟的紋章詞綴。

換句話說，任務舞臺所在的區域是專為此任務所設計的特殊區域。

成功通過這個任務除了能擴充一個天賦裝備格，還會獲得五種可以組成特殊紋章詞綴的全新【紋章】。

【星門】生成的一般區域也會掉落這些新紋章。

「既然沒有紋章也能開啟【星門】，就表示抵達【迷宮城鎮】的所有玩家都能夠參加囉。」

塔克針對玩家的參加資格提出看法。

反觀瑪咪小姐則以含蓄的語氣表達意見。

「那、那個……也許是因為一月追加的天賦擴充任務【三個試煉】得要花費五十點以上的SP（天賦點數），條件上算是相當嚴苛，所以這次才開放另一個限制比較親民的天賦擴充任務。」

有可能真是基於這個理由——我跟米妮茲紛紛點頭支持。

「管他理由是啥都行！反正官方大手筆開放讓人獲得第十二個天賦裝備格！這種強化實力的方式完全可說是在為【八百萬神】的遠征做準備！」

看著唯一為此消息感到特別興奮的甘茲，大家不禁露出苦笑。

塔克他們果然也會參加【八百萬神】預計於黃金週期間舉辦的遠征。一想到有許多熟面孔都會參加這場遠征，我就感到有些安心。

●

在絕對神境公布【準週年慶改版】相關內容的幾天後——

對於新開放的天賦擴充任務，許多玩家樂不可支，翹首盼望任務開放當天的到來。

在收到天賦擴充任務的改版通知之際，我答應與當時在場的塔克一行人組隊挑戰這個任務。

「大家都準備好了嗎!?」

塔克看見眾人都點頭回應後，便輸入更新完所追加的任務專用詞綴。

在【天賦擴充任務・來自鏡面存在的挑戰書】的紋章詞綴【廢墟】、【城】、【鎮】、【封印】、【影】的作用之下，【星門】開啟了通往此次舞臺的特殊區域。

「看起來確實很像是一面鏡子耶。」

當我們一站到【星門】前，存在於環狀裝置內部的銀色表面彷彿鏡子般倒映出我們的身影。

大家依序跳進【星門】裡。

隨即有一種已體驗過許多次、被【星門】進行傳送的感覺襲向我。

在抵達目的地後，我望向先一步進入的塔克等人——

「咦？塔克？各位？你們在哪？咦！我怎麼變成初始裝備的打扮了!?」

通過【星門】的我站在一座小山丘上。

附近玩家也和我一樣對於自身的變化大感困惑，並且趕緊尋找自己的隊友們。

「啊，收到任務的說明了。就先來確認一下吧。」

系統突然自動開啟選單，同時開始播放任務的解說影片。

解說者正是那位眼熟的絕對神境開發部長·吉野和人。

『關於這次的天賦擴充任務【來自鏡面存在的挑戰書】，各位玩家將會來到【星門】另一端的空曠區域，就請大家設法前往位於此舞臺中央處的荒廢城堡吧。』

站在小山丘上的我開始俯瞰周圍，發現四周是一座森林。

從這個制高點望向森林的另一端，能隱約看見往外延伸的平原，至於更遠處則有著被霧氣籠罩的城牆，以及聳立於城牆內側深處的廢棄古城。

『但這個任務不光只要抵達該處，各位玩家還會被分別傳送至不同的起點，因此組隊的玩家們會被強制解散隊伍。』

意思是來到起點時都得單獨行動。

若想與分散於各地的塔克等人重新組隊，就必須先與大家會合才行。

那就前往各個屬於安全區的起點找人會合嗎？不對，這種時候應該先跟身處在相同安全區的玩家們組野團。

然後直奔位於中央處的廢棄古城，等到了那裡再與塔克等人會合也不失為是個辦法。

之後就能夠和原先的隊友們一起闖關，要不然就是與方才組過野團的玩家們一同聯手，以團隊的方式去挑戰頭目。

按照官方之前的公告，這個副本沒有限定得組成小隊或團隊才能夠挑戰，即使單獨一人也可以通關……

眼下還不清楚會碰上怎樣的頭目，就先繼續欣賞任務解說動畫剩下的內容吧。

『另外，玩家們在這裡會受到各方面的限制。全體玩家能裝備的天賦都有限制，並且禁止取出所持道具欄裡的任何道具。』

我連忙確認所持道具欄。

道具欄內的所有物品都已被上鎖，可以使用的就只有目前穿在身上的初始裝備。

至此，許多玩家終於明白自身的打扮為何會產生變化了。

接下來是關於能裝備的天賦限制——

所持SP25
【未裝備天賦】【封印】【封印】【封印】【封印】【封印】【封印】【封印】
【封印】【封印】【封印】
待裝備
【弓Lv55】【長弓Lv42】【魔弓Lv26】【千里眼Lv27】
【識破Lv38】【魔道Lv33】【大地屬性才能Lv15】【附加術士Lv11】
【念力Lv9】【物理攻擊上升Lv26】【捷足Lv31】【調藥師Lv30】
【鍊金Lv49】【合成Lv49】【雕金Lv43】【調教Lv41】
【廚師Lv20】【生產職業的心得Lv27】【游泳Lv18】【語言學Lv28】
【登山Lv21】【肉體抗性Lv5】【精神抗性Lv4】
【先發制人的心得Lv17】【弱點的心得Lv15】

除了第一個天賦裝備格以外，都呈現封印狀態。
『各位一開始除了第一個天賦裝備格以外，其他格都是被封印的狀態，但在這遼闊的區域裡存在著能供人解開天賦裝備格封印的方法。當大家裝備新天賦時，系統將贈送對應該天賦的初始道具。』

這表示裝備武器天賦就會收到對應的武器，裝備生產天賦就會獲得對應的生產工具。

『在取得天賦上並沒有任何限制。假如玩家覺得卡關的話，可以返回起點重置成原先的封印狀態重新挑戰。』

此外，將安全區的位置登錄好之後，就可以透過傳送往來於各安全區之間。

由於封印狀態是僅限於天賦擴充任務期間的特殊狀態，玩家在回到一般區域就會自動解除，鎖住的道具也會變得可以使用。

雖然任務期間禁用道具，不過通關後便會解除所持道具欄的限制和天賦封印狀態。

這是考量到有玩家在通關後仍想參觀被當成舞臺的這片區域，不過禁用道具的限制仍會存在。

理由是為了避免還在解天賦擴充任務的玩家們能獲得幫助，進而導致難度下降。

暫時中斷任務的玩家，將能從離開時的安全區繼續挑戰任務，所持道具和天賦封印狀態也會繼承下來。

我聽著影片解說其他細項的同時，腦中冒出的第一個感想是——

「不會吧……這是想整死誰啊。」

初始狀態就只能裝備一個天賦。

面對如此險峻的狀況，呆若木雞的我把餘下說明都當成了耳邊風。

第五章　挑戰書與天賦封印

『云，你目前人在哪裡？』

「依照地圖的位置，我想大概是南側的起點。」

『我在北側。偏偏是位於完全相反的方向。』

因為天賦擴充任務有太多刁鑽的限制，使得我直到接獲塔克的好友通訊以前都沒能回神。

系統似乎會自動記下自己所登錄的安全區周邊地圖，讓人能透過選單裡的地圖大致掌握自己的所在位置。

『你接下來有何打算，自己一個人還行嗎？』

「可能不行……」

對於立刻說出喪氣話的我而言，這個天賦擴充任務【來自鏡面存在的挑戰書】簡直就是衝著我來的。

我的天賦優勢在於使用多種天賦互相搭配，藉此發揮出最大效益——關鍵就是所謂的組合。

偏偏初始狀態是天賦組合被徹底封印，令我心中滿是不安。

『啊~總之我也會努力去找你會合，你就先組野團設法解開天賦封印吧。』

「我知道了。」

我與塔克取得簡單的聯繫之後便結束通話。

接著開始思考首先該裝備哪個天賦。

當我準備把所選天賦裝備於唯一的天賦裝備格時，系統便跳出裝備後無法隨意變更的警告，同時可以確認裝備各天賦後會提供的補給道具。

「天賦是不裝備就無法執行與天賦有關的行動，也不會產生相關判定。」

諸如使用沒有對應天賦的武器戰鬥，即使攻擊敵對ＭＯＢ也無法造成傷害，沒有生產天賦則是就算取得素材也不能製作道具。

另外有助於探索或戰鬥的輔助天賦同樣是效用十足。

感覺其中以攻擊手段尤為重要。

「我能當成攻擊手段的天賦有——【弓箭】系列、【廚師】……【調藥師】

也勉強算是。」

若是裝備高階弓系天賦，就能使用配給的弓箭戰鬥。

不過初期配給的鐵箭只有一套，也就是三十枝箭。

而且是一次性的箭矢。

至於【廚師】天賦配給的道具是菜刀、砧板和鍋子。

等同於獲得短劍、盾牌以及頭部防具，但裝備這些都無法得到天賦加成，重點是模樣會很矬。

最後是【調藥師】，此天賦能得到適合新手的調合工具。

透過這個可以製造毒藥與傷害類藥品，投擲出去多少能造成傷害。

可是這需要先收集素材，生產過程又很費工，用這個手段戰鬥實在是很沒效率。

「我必須從這三種攻擊手段中選出一個。」

無論選哪個都很令人不安。

等等，既然取得天賦沒有限制的話，還是可以挑選近戰武器相關的天賦來戰鬥……話雖如此，現在獲取都只會是等級一。

就算裝備等級一的近戰武器天賦也缺乏實用性。

能力值會連同裝備中的天賦加成值一併計算。

由於目前只能裝備一種天賦，因此簡單換算下來，能力值將不到原本的十分之一。

「在弱化到如此地步的情況下，對大家來說是非常公平。」

想想即使再如何抱怨也於事無補，與此同時我想到一件事。

「其實不必一開始就獲取戰鬥系天賦，畢竟在這裡是隨時都能重置天賦。」

我如此咕噥後，便裝備【千里眼】天賦。

所持SP25

【千里眼Lv27】【封印】【封印】【封印】【封印】【封印】【封印】【封印】

【封印】【封印】【封印】

待裝備

【弓Lv55】【長弓Lv42】【魔弓Lv26】【識破Lv38】【魔道Lv33】

【大地屬性才能Lv15】【附加術士Lv11】【念力Lv9】

【物理攻擊上升Lv26】【捷足Lv31】【調藥師Lv30】【鍊金Lv49】

【合成ＬＶ49】【雕金ＬＶ43】【調教ＬＶ41】【廚師ＬＶ20】
【生產職業的心得ＬＶ27】【游泳ＬＶ18】【語言學ＬＶ28】【登山ＬＶ21】
【肉體抗性ＬＶ5】【精神抗性ＬＶ4】【先發制人的心得ＬＶ17】
【弱點的心得ＬＶ15】

我既沒有攻擊手段，能力值也不高。

不過視野一口氣變開闊，即使是與小山丘上的安全區相隔遙遠的廢棄古城也顯得更加清晰。

「這下非得盡早找出解除天賦封印的方法不可。」

在我裝備好第一個天賦的同時，系統便開始播放解除天賦裝備格封印的前導教學。

——為了解開被封印的天賦裝備格，

在這片區域裡有等級一至九的相關任務。

每當玩家完成任務，

就會以等級加一的方式解開同等數量的天賦裝備格封印。

之後若是再完成相同等級的任務，

就能獲得與等級數字相同的天賦更換次數。

意思是假如完成等級五的任務，就能解開六個天賦裝備格的封印供人使用，之後又完成相同等級的任務，則可以更換五次已經裝備的天賦。

此設定雖然能讓玩家隨意切換天賦，卻無法獲得裝備各天賦時本該配給的道具。

與此同時，解除天賦封印的相關任務就這麼條列在眼前。

任務內容大致上分成討伐、採集以及跑腿三大類，許多玩家已開始利用各自的武器攻擊周圍的敵對ＭＯＢ。

「至於我——」

因為我沒有攻擊手段，就只能解採集或跑腿類型的任務了。

採集類任務的內容都是『請收集○○至指定數量』。

跑腿類任務則是『請對○○獻上供品』等等。由於這片區域裡不存在任何ＮＰＣ，因此似乎是要對散落於各地的場景物件做出某些行動。

「雖然這樣依舊有辦法完成解除封印任務，但我還是希望能擁有攻擊手段……嗯？」

當我考慮趁著還在安全區內立刻重置裝備天賦而扭頭觀察周圍時，眼角餘光正好瞥見某處有著由幾棟建築物組成類似村落的地點。

要是沒裝備【千里眼】的話肯定不會發現，儘管該處偏離通往廢棄古城的最短路線，不過那個地方莫名令人在意。

「感覺就算擁有攻擊手段，我也會三兩下就死回來了……乾脆先保持這樣吧。」

比起只能使用三十次的攻擊手段和靠不住的料理用菜刀，倒不如運用可以遠遠發現敵人行蹤的【千里眼】，一路潛行前往那座村子。

由於一口氣被封印大量的天賦裝備格，在感受著身體動作變得莫名遲鈍的同時，我已動身離開小山丘，直向樹林裡的村子而去。

「總之先收集一些能派上用場的東西吧。」

諸如藥草、石頭、木枝、羽毛、香菇以及水果等食物，我邊走邊採集一路上發現的素材。

「這感覺莫名讓人懷念呢～」

剛進入絕對神境當時，差不多就是這種感覺。

只不過就算我現在採集的素材品級已不太一樣，做的事情卻沒啥差別。

我走了一段距離後，前方傳來踩踏草葉的聲響，我立刻抬頭望去。

「唔!?是哥布林！」

我發現單獨行動的哥布林，連忙藏身於樹後，靜靜觀察對方的行動。

（我現在沒有攻擊手段，只能先逃命了。）

哥布林在平常是隨手就能輕鬆打倒的敵對ＭＯＢ，無奈我的天賦遭到封印，導致能力值大打折扣，眼下只能窩囊地轉身逃跑。

我從所持道具欄裡取出一顆剛撿來的石頭握在手中，同時觀察著哥布林的偵測範圍與牠扭頭張望的行為模式。

當哥布林擺頭將目光從我這邊移開的瞬間，我立刻將石頭扔向遠處草叢發出聲響。

在哥布林停下腳步迅速看向聲音來源時，我抓準牠的視野死角悄悄移動至另一棵樹後。

「……幸好牠們都傻傻的。」

看著那隻哥布林對石頭發出的聲響感到困惑，搔著頭再次往前走的背影，我忍不住冒出上述感想。

突然想起某事的我確認著解除天賦封印任務清單，發現有個等級一的任務就是討伐數隻哥布林。

至於討伐比哥布林高階的巨型哥布林則是等級三任務。

「意思是希望玩家一開始先選擇打倒哥布林，或是避開哥布林去採集素材吧。」

如此喃喃自語的我，朝著先前從小山丘上發現的村落繼續前進。

我在途中發現遠處有一塊應該是哥布林的棲息地，於是沿途閃躲單獨四處走動的哥布林們，就這麼穿過樹林。

「終於離開樹林了。」

其實我是直直朝著村子前進，但由於能力值全面弱化且行進時得提高警覺，外加上採集沿途所發現的道具，因此花費比預估更多的時間才抵達目的地。

我走近村子一看，錯愕地瞠目結舌。

「……居然是……一座廢村。」

原以為這裡有著類似村落的人造物，或許能向住在這裡的ＮＰＣ補給物資，結果現場竟是空無一人。

可是此處有個與起始安全區相同的臺座，接觸後即可進行地點登錄並更新附近的地圖。

「這下子就能增加傳送地點，可以算是有所進展囉？」

我將這裡設定成死後的復活地點，並且能從這裡返回【星門】。

「反正時間還很多，就來探索一下這座廢村吧。」

我逐一調查布有藤蔓的各個廢屋，從屋內搜刮到比想像中更多的道具。

「短刀、手斧、青銅劍、生鏽的鐵劍等武器……鍋子與平底鍋等調理工具……木材、長於田裡的野菜等食材……劣化的藥水等消耗品……」

這些東西莫名讓我聯想到野地求生的情境。

並且令人回想起剛登入遊戲時兩手空空的狀態，於是我就這麼開始搜索周圍，採集著稀疏生長於廢村內各處的藥草。

一段時間後——

——已達成等級一採集任務：收集三十個藥草。

解開第二個天賦裝備格的封印。

終於解開一個被封印的天賦裝備格了。

截至目前應該花了三個小時左右。

換作是擁有長劍等武器天賦的玩家，只要去打倒五隻哥布林那類的小嘍囉，無須多久就能解開封印。

如果與人組隊的話，大不了十分鐘就可以完成任務吧。

獨自探索果然很沒效率——如此心想而不禁露出苦笑的我算了算時間，差不多已接近傍晚了。

決定先中斷天賦擴充任務的我，從安全區的臺座傳送回【迷宮城鎮】，隨即登出遊戲。

晚飯時，與美羽閒聊的話題自然是絕對神境追加的天賦擴充任務。

「當時真是嚇死我了。畢竟一穿過【星門】，就跟小露嘉她們各分東西喔。」

「就是說啊～我原本也有和塔克他們組隊，結果一進去就四散各處，害我不知該如何是好。」

「哥哥你解開幾格天賦封印了？我已經解開第四格囉。」

「這麼快啊，我才剛解開第二格而已。」

我說完便回以苦笑，同時分享彼此的狀況。

「這樣呀。啊，對了，小希諾說她跟你是在同一個起點，她當時剛好有看見你的背影。」

「啊～是這樣嗎？我完全沒注意到耶～」

如果當下與希諾等熟識的玩家們一起組隊，或許就能以更有效率的方式解開天賦封印了。

「小希諾說她是直直往城堡的方向前進，不過她發現你是朝著其他方向走去。難道你比起前往城堡，打算先跟塔克先生他們會合嗎？」

「不是的，單純是我發現遠處有一座廢村，就朝那邊走去了。那裡是安全區，還讓我取得一些工具和道具。」

美羽聽完我的解釋後點了點頭。

「原來還有這種地點呀。既然如此，比起透過敵對MOB掉落的素材來強化裝備，或許探索這類場所收集道具反而能更快讓裝備變強囉？」

「這倒也未必吧？像我找到的藥水都已經劣化，可能派不太上用場。」

「嗯～無法有效補給恢復道具！再加上目前只解開四格天賦的封印，害我還不能使用恢復魔法！」

美羽表示她目前裝備的四種天賦，分別是【魔劍】、【魔道】、【天光屬性才能】、【立體限制解除】。

「嗯～單人探險想追求穩定的話，果然還是需要【治癒】天賦，不過利用【捷足】天賦迅速接近古城好像也很不錯。」

「完成任務增加天賦切換次數，或許也不失為是個好主意。我的第二格天賦要裝什麼好呢～？」

聽完美羽這些通俗的建議後，我開始思考下個該裝備的天賦。

這次要選擇能當成攻擊手段的弓系天賦嗎？

還是讓我能更安全潛行的能力值提升系天賦或輔助天賦？

或是裝備生產天賦來有效利用收集到的素材？

不然就先保留下來，等到解開第三格天賦的封印之後，再裝備【魔道】搭配魔法系天賦？

「嗯～好令人猶豫耶～但假如真想要攻擊手段的話，乾脆再解一次等級一任務，把【千里眼】換成魔法系天賦之後，我就能施展魔法攻擊了。」

感覺裝備天賦的優先順序，會反映出當事者的特質。

而我決定的天賦取向是——

「沒有道具果然什麼事都做不了。」

「怎麼怎麼？哥哥你還是決定先裝備生產系天賦，透過與其他玩家交涉的方式來解任務嗎？」

「我還在猶豫，不過也挺想一口氣前往古城啦。」

「真難得聽哥哥你這麼說耶。」美羽如此低語。

「我確實是想利用生產天賦與其他玩家進行交涉來完成任務，問題是這麼做太花時間，我擔心會讓塔克他們等太久。」

「啊～感覺他們反而會跑來接你。」

「老實說他們很可能會這麼做。如此一來，我會感到挺丟臉的。」

我在腦中想像塔克等人跑來接我的情景，忽然覺得自己滿窩囊的。

假如我是自己一人思考的話應該會猶豫不決，像這樣與美羽討論之後，順利令我找出適合自己的方式。

美羽看見我的表情後，像是心滿意足地臉上浮現出笑容。

吃完晚餐的我將碗盤清理乾淨，洗好澡後便登入遊戲，繼續完成天賦擴充任務。

「現在已是夜晚了，廢村裡的道具是否又重生了呢？」

在夜幕低垂的星辰之下，我利用【千里眼】的夜視能力開始尋找素材。

無論是藥草或野菜的採集點，甚至是遺留於屋內的道具，都在我原先發現的位置重生了。

可是找到的道具不太一樣，看來這裡的道具是隨機生成。

「那麼，我接下來要裝備的天賦就是這個。」

畢竟我之前是一解開封印就暫時下線，於是立刻把決定好的天賦裝備在尚未使用的第二格天賦上。

所持ＳＰ25

【千里眼Lv27】【識破Lv38】【封印】【封印】【封印】【封印】【封印】
【封印】【封印】【封印】【封印】

待裝備
【弓Lv55】【長弓Lv42】【魔弓Lv26】【魔道Lv33】
【大地屬性才能Lv15】【附加術士Lv11】【念力Lv9】
【物理攻擊上升Lv26】【捷足Lv31】【調藥師Lv30】【鍊金Lv49】
【合成Lv49】【雕金Lv43】【調教Lv41】【廚師Lv20】
【生產職業的心得Lv27】【游泳Lv18】【語言學Lv28】【登山Lv21】
【肉體抗性Lv5】【精神抗性Lv4】【先發制人的心得Lv17】
【弱點的心得Lv15】

位於夜空下的我裝備【識破】後，便收到系統提供的鐵鍬和十字鎬。

這下子也能從途中發現的挖掘點取得素材了。

「好，完成了。但我還是一樣沒有攻擊手段。」

我最終仍決定採取透過生產與其他玩家交涉的玩法。

為此，我需要有助於採集素材的【千里眼】和【識破】天賦。

雖說是自己決定這麼做的，但我馬上又感到一絲後悔。

不過我將上述想法拋諸腦後，運用【千里眼】確認位於遠方的廢棄古城與城牆，動身朝著該方向前進。

「相信在這方向上還會有類似廢村的設施，我就藉此收集遺留於該處的素材，逐步解開天賦的封印。」

我決定之後再考慮武器系與魔法系的天賦，眼下先補充道具和裝備。

於是我離開廢村，朝著位在遠處的古城走去。

「……話說回來，總覺得好久沒有像這樣獨自踏上旅途了。」

儘管平時嚴格說來仍算是獨自一人，但多虧有利維跟柘榴陪在身旁，我完全不覺得寂寞。

無奈現在是一般伺服器的道具全被列為禁用，利維與柘榴的召喚石自然同樣無法使用，因此我不能召喚牠們。

「在這狀態下，【調教】天賦以某種角度而言算是名存實亡。」

話雖如此，只要收服新的使役ＭＯＢ就行了。

尤其是如果收服了能供人騎乘的ＭＯＢ，對於趕往古城一事將大有幫助……

「不過這麼做好像會令利維鬧彆扭。」

自言自語的我被沿途的採集點或挖掘點吸引過去，就這麼不斷獲取素材。

有時為了透過【千里眼】和【識破】確認附近狀況，也會登上高處俯瞰四周。

「啊，左側的岩石地帶角落有個安全區。右側的窪地以及遠處的河邊也同樣有安全區。」

若是不仔細觀察，很容易錯過岩石地帶與窪地的安全區。

至於位在遠處河邊的安全區，有好幾組玩家們正在那邊生火休息，即使離得很遠也能看見火光。

「除此之外……那是……？」

我發現有一些外觀獨特的場景物件。

由於那些東西就位在窪地安全區附近的一處死角，因此不容易被人發現。

包含那堆物件在內，我被難以發現的該處給吸引過去。

「好，安全區的登錄已經完成——地圖則是晚點再確認也行吧？」

只要盡可能前往更多安全區的臺座進行登錄，之後就可以快速往來於各個地點。

眼下我最主要的目標，是等同於天賦擴充任務終點的廢棄古城。

若想致力於生產，就得收集所需素材，或是前往對應ＭＯＢ出沒的地點。

這種時候全都仰賴步行實在很沒效率，而且只要掌握周邊地圖也就不容易迷路了。

外加上有地圖在手，也能提前確認途中的危險地帶。

還有想與其他玩家交涉的話，就需要登錄有玩家群聚的安全區，並隨時可以傳送至該處。

「這些確實是很重要，不過還有其他事情更令我在意——」

我順利登錄好窪地的安全區之後，便將目光移向位於窪地附近的場景物件。

「這是地藏像吧？」

該物件是高度達到我的腰間、外觀近似於地藏的石像。

現場總共有兩尊石像，石像前各有一個小碟子，石像的胸口處則雕了某種圖樣。

「這是……草葉的圖案？」

從該圖案跟小碟子來看，應該是要獻上與圖案吻合的道具吧。

「既然是草葉圖案，藥草應該也可以吧？」

我在兩個小碟子上各放一把藥草，然後雙手合十。

伴隨一股「砰」的微弱聲響，藥草化成煙霧當場消失。

然後——

——已達成等級二跑腿任務：獻給土地神像的供品。

解開第三個天賦裝備格的封印。

「原來這就是跑腿任務啊。」

因為是兩尊地藏像——不對，因為是兩尊土地神像，所以才被歸類為等級二吧。

土地神像的數量越多，跑腿任務的等級就越高，指定的供品恐怕也會越難收集。

「畢竟藥草是對應等級一採集任務的素材，算是比較容易完成的吧？」

雖說地點位於不易被人發現的死角處，但只要發現就可以輕鬆完成任務了。

心想繼續尋找這類場所的我，立即裝備下個天賦。

所持SP25
【千里眼LV27】【識破LV38】【調藥師LV30】【封印】【封印】【封印】
【封印】【封印】【封印】【封印】【封印】
待裝備
【弓LV55】【長弓LV42】【魔弓LV26】【魔道LV33】
【大地屬性才能LV15】【附加術士LV11】【念力LV9】
【物理攻擊上升LV26】【捷足LV31】【鍊金LV49】【合成LV49】
【雕金LV43】【調教LV41】【廚師LV20】【生產職業的心得LV27】
【游泳LV18】【語言學LV28】【登山LV21】【肉體抗性LV5】
【精神抗性LV4】【先發制人的心得LV17】【弱點的心得LV15】

我收下系統隨著【調藥師】天賦贈送的調合工具，滿意地點了個頭。

想獨力探索接下來的路程可能會相當艱難，不過有了藥水之後，生存率將大幅提升。而且隻身踏上旅途，總會讓人覺得有些寂寞。

我打開系統選單，從好友欄中確認塔克等人的登入狀態。

「塔克、甘茲與凱都在線上，米妮茲和瑪咪小姐則呈現離線狀態。」

於是我使用好友通訊聯絡塔克。

雖然我在之前通話時說了不少喪氣話，就趁現在聯絡塔克讓他安心吧。

『云，怎麼啦？你不要緊吧？』

「我沒事，儘管我在天賦被封印的當下表現得很不安，不過現在已從起點慢慢接近古堡那裡了。塔克你呢？」

『我在附近狩獵敵對MOB加強裝備，畢竟光靠初始裝備應戰太吃力了。』

塔克表示他所在的北側，大多都是碰上狗頭人系的敵對MOB，運氣好的話可以刷到武器等裝備。

『不過MOB掉落的道具大多都是素材，偏偏周圍沒人擁有生產天賦，所以完全派不上用場。』塔克以自嘲的語氣說著。

接著他又提到，打倒高階品種的頭目級MOB能取得還算稀有的裝備，所以他正在搜索這類MOB。

「這樣啊，總之你別太逞強喔，藥水這類恢復道具目前都難以取得。」

『這我知道。唉~身處在這種狀況下，讓人深刻感受到你提供的藥水有多麼珍貴了。』

能聽人這麼說還真是挺開心的——我對著畫面另一頭的塔克露出苦笑。

「甘茲他們還好嗎？這任務對專精後衛天賦的米妮茲和瑪咪小姐而言會很吃力嗎？」

老實說，對於身為生產系玩家的我來說也很吃力。

身為魔法系後衛的米妮茲與瑪咪小姐，直到第二格天賦的封印解開之前都無法使用魔法，能力值也會大打折扣。

因此令人有些操心——

『米妮茲說她那邊沒啥問題，因為直接拿釘頭鎚也有辦法敲死敵對MOB，所以並不會多辛苦。另外她擁有卓越的交際能力，沒多久就加入野團了。』

「那真是太好了。」

『甘茲那邊也很順利，誰叫他本來就是擅長徒手搏鬥的格鬥家，屬於不太受武器影響的戰鬥風格。省去刷裝困擾的他，解除天賦封印的進度比起其他人是快上許多。至於瑪咪小姐她……』

「瑪咪小姐她怎麼了嗎？」

『她跟你一樣不知該如何是好，一個人困在東側起點。』

這真叫人擔心耶——不過我聽完塔克接下來的解釋便安心了。

『但她剛好遇見小繆的隊友小露嘉，於是兩人便結伴同行。』

「她跟露嘉特是在同個起點呀，這真是個好消息呢～」

我放心地鬆了一口氣。

畢竟露嘉特非常可靠，又是個以近戰為主的玩家。

儘管初期必須完全仰賴露嘉特，不過隨著天賦封印的解除，瑪咪小姐將能取回原有的戰鬥能力，之後就會是個可靠的戰力。

『只不過嘛～……』

「還有什麼問題嗎？」

『凱聽說瑪咪小姐落單是操足了心，所以決定先跟瑪咪小姐會合。』

瑪咪小姐位於東側起點，位在西側起點的凱，似乎打算從底端橫跨這片遼闊的區域前去會合。

「他是認真的嗎？」

『是啊，他現在大概正全速趕去跟瑪咪小姐會合吧？我是決定沿途刷裝和收集道具慢慢前進，反觀凱是只考慮收集最低限度的道具，用來解除天賦封印就一路前進吧？』

聽聞凱目前為了盡快與瑪咪小姐會合，正馬不停蹄地趕路中。

但凱為何要這麼不顧一切……沒想到生性古板的凱居然會基於私情——

想想他至今經常不著邊際地關心瑪咪小姐，難道是因為喜歡才……？我想到這裡連忙甩了甩頭。

眼下還是先別胡思亂想吧。

『云？你還好吧？瞧你忽然不說話了。』

「咦、啊，我、我沒事！比起這個，能聽見大家都順利朝著目的地前進真是太好了！」

『嗯，到時就在古城附近見囉。』

其實現實中的我們也能在學校碰面，單純想在遊戲裡見到彼此的話，就別穿過【星門】，待在一般伺服器裡即可。

可是大家從不同的起點出發，約好在終點的古城附近見面仍有其意義，因此我點頭以對。

在結束好友通訊後，我便從地上站起身來。

「那我就再加把勁吧。」

為了取得製作藥水的清水，我朝著稍早之前看見的河邊安全區前進。

在這之後——

我有時會為了採集藥草而在平原上蛇行——

有時則在安全區幫其他玩家製作藥水，藉此與對方組成臨時小隊——

有時是進入森林卻被敵對ＭＯＢ追趕，只好拚命拔腿逃跑——

有時會把道具獻給在各處發現的土地神像，祈求它能保佑自己一路平安——

在這片天賦擴充任務舞臺的遼闊區域之中，我運用【調藥師】天賦和其他玩家們合作，一步步朝著廢棄古城前進。

這一路上的體驗，彷彿讓我重新回味剛加入絕對神境時的那股初衷。

被封印的天賦目前已解開五格，來到某處廢村安全區的我已能穩定地以弓箭應戰了。

由於我已經能製造最關鍵的箭矢，因此第四格天賦便裝備武器系天賦‧【長弓】。

接下來的第五格天賦則是裝備【登山】，讓我能在這片廣大的區域裡不受地形高低影響穿梭自如。

然後——

「終於來到這裡了。」

我透過【登山】天賦登上一座岩石小山，俯視著廢棄古城與其周圍的城牆。

「喂～！我們成功了！城堡就在前方不遠處囉！」

在山腳下附近有一處安全區，我對著位於該安全區裡一同組隊的隊長大喊。

「謝謝你們！」

「這點小事不算什麼！我們可是承蒙過【移動加油工坊】許多幫助！就讓我們護送妳至城牆附近吧！」

隊長說完，便笑著露出一口白牙。我下山之後，便與這群人一起朝著城牆的方向走去。

我起先曾想像過獨自一人上路，卻在途中的安全區和其他玩家交流，有時還會結伴突破難關，並與位於同個安全區裡的玩家們交換情報。

「大家送我到這裡就可以了。」

我來到城牆前的平原便停下腳步，對護送我的隊友們如此宣告。

「這樣啊，那妳加油喔。我們會先前往高等區刷完裝備，再去挑戰最終頭目。」

「你們也加油喔。」

「加油是一定要的。事實上從南側出發的玩家們都拜小云妳的藥水所賜，相較於其他起點的玩家們更輕鬆地來到這裡！因此幫妳這點小忙是應該的！」

儘管我是個無法成為戰力的弱小後衛，不過現場的玩家們都有收到我提供的藥水等恢復道具，基於恩情便一路護送我來這裡。

因此我安然無恙地抵達廢棄古城的外圍城牆附近。

與這群人分道揚鑣後，我直到再也看不見他們的身影前都不停揮手道別。

接著我站在城牆的入口處，眺望著這座廢棄城鎮與深處的古城。

「我截至目前是解完等級四的任務，城鎮內的任務只到等級六，更高等的任務則全都位於區域的最外圈……」

經過一番探索，我發現天賦擴充任務舞臺的這片區域裡有著丘陵和山岳地帶，甚至遼闊到還有設置地城。

從起點至中央古城的途中，我有按照等級依序解開天賦封印。

可是當我解完一定等級的任務之後，驚覺與位於中央的古城相反方向的外圈處才是高等級地帶，必須前往那裡才能夠進行等級七以上的天賦封印解除任務。

「終於到這裡了。都怪我害塔克他們等了滿久的吧。」

在之前的聯絡裡，塔克等人表示他們已來過這座廢棄城鎮了。

直到前進速度最慢的我抵達以前，他們先一步前往區域外圈的高等級地帶繼續解開天賦封印，並設法加強裝備。

塔克說他們正在挑戰位於各處的頭目ＭＯＢ，努力湊齊唯獨頭目才會掉落的套裝防具。

「大家都不要緊吧？算了，比起為塔克等人操心，我還是先擔心自己吧。」

我在擔心塔克等人的同時，一腳踏入有敵對ＭＯＢ徘徊的廢棄城鎮裡。

「唔喔～真嚇人耶～」

我悄悄進入廢棄城鎮，發現有兩組甲冑騎士ＭＯＢ在大馬路上巡邏。

要是被那群敵對ＭＯＢ察覺的話，將會害我難以探索這片區域。

如此心想的我，聽著金屬鎧甲發出的聲響逐漸遠去之後，便從所持道具欄裡取出裝備天賦時由系統提供的補給道具。

「既然地面很危險，就只能從上方前進了。」

我甩著裝備第五格天賦【登山】時所獲得的鉤爪繩索，勾住其中一間廢屋的屋簷後便沿著牆壁往上爬。

我迅速抵達屋頂，從該處觀察四周。

「喔～屋頂上果然很安全。」

除了我以外，能發現許多玩家也是沿著屋頂四處移動。

由於甲冑騎士們是按照固定的路線巡邏，因此只要繞過它們還是可以從地面通行。

不過相較於地面，在屋頂上移動就能以最短路徑前往想去的場所。

「我要去的地點是……那裡和那裡。」

因為已有不少玩家來到這座城鎮，所以網路上有不少關於哪些設施值得走訪的消息。

我順著屋頂前進，前往其中一棟煙囪不斷冒出煙來、狀似相當堅固的石造建築物。

我小心翼翼地避免引起甲冑騎士的注意，利用鉤爪繩索來到後院，迅速從後門進入其中。

「喔！這不是云小姐嗎？妳怎麼跑來這裡了？」

這間廢屋裡有三座供人鍛造的熔爐，擁有【鍛造】與【工藝品】相關天賦的玩家們正在排隊使用。

熔爐內燃起火焰，玩家們揮舞著鐵鎚不停鍛造武器。

「我今天只是來看看。話說這裡應該是安全區吧？」

「那當然囉，臺座就在那裡！」

「謝謝。」

我與扯開嗓門避免聲音被敲擊聲掩蓋過去的生產系線上朋友，簡單打過招呼後，就前往臺座登錄。

接著我開始在這間應該曾經是鐵匠鋪的廢屋裡探索，但遺憾的是只剩下一些不受歡迎的武器與金屬部分稀少的道具。

想想大部分的東西都已被人帶走，或是被正在打鐵的生產系玩家們當作素材製成錠塊了。

「反正過段時間又會重生，再加上我目前的天賦還無法製作飾品，所以不必急於一時。」

如此喃喃自語的我離開廢棄鐵匠鋪，沿著屋頂前往下個地點。

下一個目的地是位於城鎮角落、有著一座大庭院的建築物。

該建築物與其他廢屋相隔一段距離，但因為是位於城鎮角落，所以完全不在甲冑騎士的巡邏路線上。

「藥鋪就是這間吧。」

我走進城鎮內同為安全區之一的藥鋪。

在我進入這棟外牆白漆已經剝落且布滿綠色植物的廢棄藥鋪後，發現本該裝有藥水的櫃子內空無一物。

「果然已被搜刮一空。大家應該都會來這裡尋找相當缺乏的恢復道具吧。」

這類場所的道具生成點，每過一段時間就會重置。

身邊沒有生產系玩家幫忙的人，就會跑來這類地點或建築物內部搜刮物資，但我來這裡另有目的。

「這裡有齊全的生產設備，後院還有水井和藥草田，如此一來就可以製作高級藥水了。」

光靠系統發放的調合工具根本無法讓我盡情生產藥水，效力也遠遠不及我在【加油工坊】透過完善設備製作出來的藥水。

「那就開工吧。」

我立刻自後院取來井水，並從藥草田裡採集藥草，然後著手製作恢復藥水、高級恢復藥水和MP恢復藥水。

產出的物品如下——

恢復藥水【消耗品】

恢復【HP＋40％】

高級恢復藥水【消耗品】

恢復【HP＋60%】

MP恢復藥水【消耗品】

恢復【MP＋50%】

「嗯，雖說受限於現場狀況，但至少效果高於基本值。」

因為有一半的天賦仍被封印，導致我的能力值低下，而且沒有裝備提供加成。

在此狀態下還能製造出效力比基本值更高的藥水，可說是多虧之前改良過的配方。

當玩家透過點數學習更多技能之後，藥水等恢復道具的效力就會遭受系統限制，但只要不斷製作並尋找更好的配方即可。

「而且在這種狀況下，有部分道具的效力上限是比較寬鬆。」

在天賦擴充任務之中，許多玩家都受制於系統遭到弱化。

基於上述原因，透過點數學習技能造成藥水效力降低的系統限制就會連帶解除。

如此一來，原本被系統限制藥水效力的玩家們，就可以在恢復量不受影響的狀況下使用恢復藥水、高級恢復藥水和ＭＰ恢復藥水。

「說起人群聚集的安全區裡，我的藥水銷量還挺不錯呢。」

雖說暢銷，不過這個天賦擴充任務的進行方式也能算是另類的野地求生。玩家們的天賦都被封印，道具、金錢以及裝備也遭系統鎖死，導致大家原則上都是透過以物易物的方式進行交易。

「好，現在有一百零七瓶恢復藥水、三十四瓶高級恢復藥水和二十五瓶ＭＰ恢復藥水。差不多就這樣吧。」

我在扣除要送給塔克等人的高級恢復藥水與ＭＰ恢復藥水之後，將剩下的數量說出口。

之後就把這些藥水當成籌碼去跟人交易吧。

「要用這些藥水換什麼好呢？利維、柘榴，你們有什麼……啊、牠們並不在這裡。」

變得越來越容易自言自語的我，猛然想起利維和柘榴都不在身旁後，感到一陣落寞，並且隨即展開下個行動。

「那麼……接下來就仔細探索各個建築物搜刮道具吧。」

除了之前去過的廢棄鐵匠鋪和位於郊外的這間藥鋪以外，我還從其他屋子裡取得屬於古董道具的金屬古幣、護身用的武器與防具，以及藏於隱蔽地點的飾品等道具。

金屬製道具可以熔掉製成錠塊。飾品拆解後，則有機會取得金屬或魔法寶石等素材。

我抱持上述期待，同時為了躲避在路上巡邏的甲冑騎士MOB而沿著屋頂四處移動。

途中恰巧發現一處大型工房，便偷偷溜了進去。

「……這裡是家具店嗎？現場有製作到一半的櫃子和床架。」

除此之外，還能看見鋸子和鐵鎚等已經生鏽的各種工具隨處擺放。

「既然是木工鋪，希望能在這裡找到新的弓，但我想應該沒有才對。」

我稍微觀察一下，發現擱置於此處的所有道具都有些許瑕疵。

諸如耐久度低下、因生鏽導致攻擊力下降，或是某部分損壞等等——若是把這些東西交到為數不多的生產系玩家手中，基本上都能夠加以修復。

「既然是家具店的話，應該會有製作家具用的釘子等材料吧。」

心想能將這些東西熔製成錠塊的我開始搜尋，結果這裡同樣已被人搜刮過，只剩下一些沒人要的東西，令我不由得露出苦笑。

還算堪用的就只有大量遺留在此的木材而已。

我利用【合成】技能把木材製成箭矢和生火用的木柴。

當我四處撿拾落在地上的素材時，【識破】天賦突然產生反應。

「這是……」

我用手撥開地面上那日積月累的灰塵、沙礫以及木屑，結果在該處發現一個方形入口的地窖。

「居然被我找到一處暗門。」

我把蓄意擋住半邊入口的木材推開，排除堆在上面的垃圾之後，將通往地窖的門板拉開。

「這令我不禁想起桃藤花樹的相關任務。」

當時位於廢棄村落中的我，也像這樣前往村長家遺址的地下室展開探索。我一邊沉浸在回憶裡，一邊把老舊梯子踩得嘎嘎作響地往下走。

「現場放有供人使用的提燈。」

因為我裝備附帶夜視能力的【千里眼】，原則上是不需要提燈，但我還是點燃了提燈照亮周圍。

而我發現的物品是——

「這是……魔法使專用的法杖，另外……還有一把弓。這些都是獨特品級的裝備耶。」

在具有氣密功能的木箱上鑲著一塊玻璃，能看見置於內部軟墊上的武器分別是一根法杖和一把弓。

法杖是握柄頂部刻有獅子圖案的長杖。

獅子圖案的眼睛部位鑲有名為虎眼石的寶石。

至於弓則是有著狀似老鷹翅膀的雕刻，是一把整體呈現紫色和銀灰色的長弓。

獅子鬥頭儀杖【武器】

ATK＋10、INT＋55　追加效果【強化火屬性魔法】、【INT加成】

鷹之狙擊弓【武器】

ATK＋63、SPEED－15　追加效果【ATK加成】、

【DEX加成】、【提升射程】

在這間地下密室裡還放著一封包裝精美的信。

「如果沒裝備【語言學】天賦肯定看不懂信中內容，可是按照武器和信封上的裝飾，感覺應該是稀有道具。」

這些武器怎麼看都像是獻給城主的上等貨色。

依照那座廢棄古城來推斷，這些供品有可能是被人暗藏起來的。

「法杖能強化火屬性魔法。弓則叫做狙擊弓，與長弓有何區別嗎？」

我剛從箱子裡把弓取出來，就發現它比一般弓沉重。

這麼重的弓無法像長弓那樣邊跑邊射擊，卻具備更高的攻擊力且能讓人從更遠的地方狙擊目標。

「儘管這東西比長弓更難駕馭，但至少效能比我手上的武器好多了。」

語畢，我走出地下室，逛了一圈沒發現其他需要的東西便登上屋頂。

「那我就來試射一下吧。」

我站在屋頂上，取出方才獲得的狙擊弓擺出射擊姿勢。

目標是正在大街上巡邏的其中一名甲冑騎士。

只要打倒它，就可以解開等級五的天賦封印，讓我能裝備第六個天賦。

我把箭矢架在狙擊弓上，瞄準落單的甲胄騎士，然後鬆手放箭。

結果——

「!?」

因為弓本身太重，當我鬆開很難拉動的弓弦之際，由於能力值不足所產生的反噬傷害沿著手指流竄至全身。

「好痛。因為能力值不足，我受到的反噬是這記攻擊一成的傷害……不過威力還真大耶。」

我在喃喃自語的同時，看見箭矢當場射穿該名甲胄騎士的胸口。

雖說甲胄騎士並非多麼強悍的ＭＯＢ，不過看著從傷口處冒出的光點，可以肯定它已被我打倒了。

——已達成等級五討伐任務：討伐亡靈甲胄騎士。

解開第六個天賦裝備格的封印。

「好，我能裝備第六個天賦了。在能力值提升之後，我使用這把弓時就不會遭到反噬了……啊，糟糕，其他騎士都跑來了。」

玩家們之所以會盡量避開在路上巡邏的甲冑騎士，就是因為只要打倒其中一隻，就會把附近的甲冑騎士通通引來。

而且這些騎士們十分懂得互相合作，不容易打倒又很難纏，掉落的道具又頗差的。

因此大多數的玩家在擊殺一隻，解開第六個天賦封印之後，就會盡可能避免與之戰鬥。

我自然抱持相同的想法，拔腿迅速遠離現場。

接著我繼續溜進其他可以進出的建築物，搜刮裡頭的道具和素材，決定利用這些素材製作飾品來提升能力值。

因為已解開第六個天賦封印，我便使用至今累積的素材，集中精神製作自己和塔克等人的飾品。

第六章　魔鏡試煉與最強的自己

進入廢棄古城外圍的城鎮後，我在那裡待了幾天。

我趁著這段期間四處收集有助於通過天賦擴充任務的相關情報，同時努力搜刮素材並備妥道具。

之後，我終於與四散各處的塔克等人會合了。

「塔克、各位，我們終於又見面了。」

在廢棄古城前廣場集合的我們，由於天賦、裝備以及道具都遭受系統限制，因此裝扮也有別於以往。

塔克身穿以白、紅、黑三色為底色的騎士服裝，單肩的金色肩章吊穗從肩膀垂至前胸，外頭還披上一件純紅色的斗篷，模樣非常帥氣，讓我不禁有些羨慕。

甘茲的打扮走蠻族風，他頭戴一頂狀似動物頭蓋骨的頭盔，配上一身以毛皮製成的防具。

凱穿著一套光是站在那裡，僅憑氣勢和存在感就足以令對手失去鬥志的厚重全身鎧甲與全罩式頭盔。因為無法看清楚他的表情，反倒給人一種詭異感。

米妮茲身穿以蕾絲裝飾而成的亮色系禮服。因為她身材高䠷，看起來就像是一位端莊美麗的千金小姐。

瑪咪小姐則是一身白色圍裙加上深藍色長裙的經典女僕裝造型。

每一套都是頗具稀有度的套裝防具，穿在身上也很有統一感。

原本正在互打招呼慶祝重逢的塔克等人，紛紛將目光集中到我身上——

「我說云啊……你好歹也換一套防具嘛。」

「怎樣啦？我也沒辦法啊，偏偏就是找不到咩。」

我毫不掩飾心中的鬱悶，直接當面反嗆塔克。

因為大家都身穿具備【套裝加成】的一整套防具，令一身初始裝備的我顯得格格不入。

塔克看著倒楣到與防具無緣的我，一臉尷尬地抓了抓自己的後腦杓。

「意思是小云妳沒能取得新防具嗎？」

「那個……也算不上是沒有啦……」

面對米妮茲的詢問，我回答得有些含糊。

其實我是有透過【調藥師】製作的藥水，跟其他玩家換到幾件防具……

「假如換上我手邊素質最好的防具，因為外觀缺乏整體性，老實說會有礙觀瞻。」

「啊～這就真的沒辦法了，畢竟沒人想換上外表太矬的防具。」

米妮茲對此表示贊同，一旁的瑪咪小姐也抱持相同感受地不斷點頭。

至於站在後面的甘茲像是無法理解地歪過頭去，凱則是不發一語地佇立在那裡。

按照這反應，他們兩人十之八九都認為只要好用就應該換上。

「小云，那我把備用的另一套防具給妳吧。因為同樣是套裝，至少很有一體感喔。」

「真的嗎!?不過這樣好嗎？」

「妳儘管收下！畢竟我的天賦更適合搭配目前這套防具，而且我很想看妳換上我送的套裝喔。」

「那我就不客氣囉，謝謝妳。」

我道謝後，便直接收下米妮茲遞來的防具。

「這就是妳的備用防具呀，看起來真帥……等、這是!?」

我由上往下仔細審視自身的打扮，不過當我把目光移至腰部以下時，連忙用手壓住下半身的衣物。

「這是女騎士的套裝防具！如何？看起來既可愛又帥氣對吧。」

米妮茲充滿自信地挺起胸脯說著。

這套女騎士裝備的上半身是完全以紅色調為主，從肩膀到腋下有一條白線，並在裡面形成一個白色十字。

下半身則是一件白色迷你裙，但因為上衣的下襬很長，背影看起來就像是喇叭裙，有著非常適合女性穿著的可愛造型。

沒錯——下半身就是迷你裙。

即便上衣的長下襬從背後看來有如喇叭裙，可是轉到正面一看就知道是迷你裙，老實說十分令人害臊。

「這造型挺讓人害羞的，難道沒有其他裝備嗎!?只要是裙子以外就好！」

「但我手邊沒有性能更好的防具了。」

經米妮茲這麼一提，我仔細確認身上這套套裝的整體素質。

隆德騎士團・救護騎士裝【防具】

DEF＋25、INT＋35　追加效果：【支援效果（小）】、【恢復效果（小）】、【套裝加成】、【女性加成】

確實以稍微稀有的套裝防具而言，它的性能算是相當優異。

尤其是【支援效果】這個追加效果適合與我的天賦搭配，另外【恢復效果】也適用於恢復藥水等道具。

外加上整套穿在身上的【套裝加成】以及針對女性玩家的特殊加成，都非常不錯。

不過——

（我是男生啊啊啊啊！）

基於對裙子的糾結與【女性加成】適用在我身上的事實，我不由得在心中放聲哀號。

「沒、沒有其他的防具了嗎？」

「嗯～還是妳要跟我或瑪咪交換防具？其實我也想看看小云妳穿上禮服的模樣，要不然女僕裝也可以。」

米妮茲聽見我的問題後，給出只會令情況惡化的提案。

而且米妮茲完全是基於好意才提供這套套裝，我的良心無法允許自己就這麼辜負對方。

因此我的選擇是——

「唔、唔～……米妮茲，謝謝妳，我會好好珍惜的。」

「嗯，妳願意接受真是太好了。」

我最終決定收下這套性能優秀的女騎士套裝。

同時我也暗自在心中發誓，無論如何都要盡早完成這個任務，然後換回平常穿的黃土・創造者。

「不過塔克和小云恰巧穿著類似的套裝，站在一起還挺登對的呢。」

「就是說呀，看起來滿像是情侶服的，所以塔克你先給我去死一死吧。」

被米妮茲跟甘茲這麼一提，我來回觀察自己和塔克身上的防具，發現整體造型的確滿相似的。

「我說塔克啊。」

「怎麼啦？云。」

「我們交換裝備穿吧。你那身打扮真叫人羨慕。」

老實說塔克的騎士服更為帥氣，外加上我很羨慕能有那種易於行動且不暴露的設計，但塔克冷漠地一口回絕了。

「我不要，更何況你那套的追加效果又不適合我。比起這個，趕快來開會討論該如何挑戰頭目以及相關準備吧。」

「唔～……好啦。」

在塔克的催促下，我也加入這場該如何挑戰天賦擴充任務頭目的作戰會議。

大家互相確認各自的武器和裝備天賦，並分享手邊的道具。

我將高級恢復藥水、ＭＰ恢復藥水以及提升能力的飾品分送給其他人。

「對了，瑪咪小姐，這個武器適合妳嗎？」

我將發現【鷹之狙擊弓】當時一併取得的獅頭長杖，遞給身為魔法使的瑪咪小姐。

瑪咪小姐把獅頭長杖握在手上，開始確認其素質。

「嗯，這把比我目前使用的武器更優秀，那我就不客氣收下囉。」

「好的。那麼，大家都準備好了嗎？」

我沒有其他能分享的道具，事前準備也已經妥當。

至於我目前的天賦狀態是——

所持SP25

【魔弓LV26】【千里眼LV27】【識破LV38】【魔道LV33】

【大地屬性才能LV15】【附加術士LV11】【捷足LV31】【封印】

【封印】【封印】【封印】

待裝備

【弓LV55】【長弓LV42】【念力LV9】【物理攻擊上升LV26】

【調藥師LV30】【鍊金LV49】【合成LV49】【雕金LV43】

【調教LV41】【廚師LV20】【生產職業的心得LV27】【游泳LV18】

【語言學LV28】【登山LV21】【肉體抗性LV5】【精神抗性LV4】

【先發制人的心得LV17】【弱點的心得LV15】

我勉強在挑戰頭目前解開第七個天賦封印，然後又完成幾次任務來增加天賦的切換次數。

我在準備階段是裝備生產系天賦，負責準備藥水跟飾品，現在則是切換成戰鬥系天賦。

看著完全針對戰鬥毫無一絲多餘的天賦組合，已沒有多餘的空格讓我裝備其他天賦來測試，令我不禁有些失落。

「那就出發囉。」

在塔克的帶領下，我們朝著廢棄古城前進。

古城內部的構造還算單純，完全沒有敵對ＭＯＢ出沒。

我們以最短距離直奔入口，在進入大廳後，深處的牆上有一面用鎖鏈從天花板垂掛下來的巨大鏡子。

從大廳正面進來的我們，能看見那面金色外框的鏡子裡倒映著我們的身影。

不過倒映於巨大鏡子裡的我們，儘管容貌毫無分別，身上的打扮卻截然不同。

大家都是天賦和裝備遭系統封印前的模樣。

「這是我們……」

「小心！」

隨著塔克的一聲大吼，鏡中的我們穿過鏡面，以具備實體的方式現身。

並紛紛將手上的武器對準我們。

天賦擴充任務【來自鏡面存在的挑戰書】的頭目ＭＯＢ是——分身靈。

此任務就是要玩家以弱化的狀態去挑戰最強的自己。

「俗話說先下手為強——！《獵鬼踢》！」

『——《獵鬼踢》！』

當甘茲打算先發制人，朝向位於最近的冒牌甘茲使出攻擊之際，對方也施展相同的武技，兩記踢擊就這麼正面衝突。

由於總能力值是端看裝備素質與天賦數量，像這樣硬碰硬自然是會落於下風，因此甘茲隨即被打飛出去。

「甘茲！別直接從正面硬上！遵循正統戰術由後衛負責進攻！云！」

「收到！《空間附魔》——攻擊、防禦、速度！」

『《空間附魔》——攻擊、防禦、速度！』

「咦!?它們居然也會施展附魔！」

當我幫塔克、甘茲以及凱這三位前鋒施加三重附魔時，我的分身靈也替塔克等分身靈提升能力來應戰。

兩方前鋒隨即展開纏鬥。

發動完技能都有冷卻時間，我趁著這段空檔架起狙擊弓，打算先行擊倒冒牌瑪咪小姐和冒牌米妮茲，但我的分身靈居然也跟著放箭攔截我的射擊。

身為敵方後衛的冒牌瑪咪小姐開始施展魔法攻擊，冒牌米妮茲也運用恢復技能跟大範圍的光魔法展開進攻。

「米妮茲先幫凱恢復！凱，你別讓仇恨值累積太快！要不然你會先倒下的！甘茲你先去打倒冒牌云！云與瑪咪小姐則是先拖住冒牌凱的行動！」

我們按照塔克的指示應戰，漸漸對分身靈們造成傷害，可是──

『──《空力加農》！』

「唔──!?《火焰柱》！」

瑪咪小姐使用獅頭長杖產生火柱，迎擊冒牌瑪咪小姐射來的空氣砲。

可是對手的威力較強，空氣砲直接穿過火柱襲向瑪咪小姐。

凱迅速介入其中，用盾牌擋下將會對後衛造成傷害的攻擊。

保護瑪咪小姐的凱無法完全化解衝擊，受到比想像中更嚴重的傷害。

「凱！你傷得太重了！快退到後面用藥水恢復！」

「我知……糟糕！」

『別想逃——《泥塘》、《捕獸夾》。』

我的分身靈有裝備妨礙認知斗篷【夢幻居民】，它藉此擺脫我們的注意，盡可能減少移動屏息以待，抓準最佳時機發動魔法。

我的分身靈將手往前一伸，塔克與凱的腳底立刻出現泥沼，並從泥沼中竄出石製捕獸夾襲擊兩人。

「可惡！掙脫不掉！」

冒牌甘茲的迅雷一擊和冒牌瑪咪小姐的魔法，隨即殺向被泥沼絆住腳步的兩人。

『《下咒》——防禦、精神。』

「咦!?竟然還會減益魔法！」

甘茲本想強攻我的分身靈，卻遭對方以下咒消除附魔所提供的增益，與此同時還被冒牌塔克擋住去路而身陷險境。

「快用恢復藥水撐住！」

分身靈就是最強狀態下的我們，但還是存在幾個弱點。

第一個是它們無法使用大部分的道具。

原因是如果當真會使用道具，它們大可不斷使用近乎無限的藥水以及復活藥，就此成為永遠打不死的敵人。

我們決定運用藥水打持久戰，等到冒牌瑪咪小姐與冒牌米妮茲耗光ＭＰ的瞬間就展開反擊——

『——《空間炸彈》。』

「呀!?」

米妮茲跟瑪咪小姐取出ＭＰ藥水準備喝下時，竟被《炸彈》引爆了。

我的分身靈以【千里眼】的鎖定能力搭配【炸彈】魔法引發空間爆炸，藉此狙擊取出的藥水妨礙我方進行恢復。

我的分身靈降低使用弓箭的攻擊頻率，取而代之著重於運用下咒來弱化對手或妨礙技能施展。

我方因此無法按照原先的計畫應戰，在冒牌瑪咪小姐跟冒牌米妮茲耗光ＭＰ而導致攻勢減弱之前，身為肉盾的凱已先不支倒下。

塔克等人沒多久就被依序擊倒，最後只剩下我一人。

「至少打中一下也好！《弓技・一箭穿心》！」

我不顧一切地朝自己的分身靈使出強力射擊。

可是狙擊弓的這記強擊在命中我的分身靈便馬上消失，同時隱約能看見它的手指冒出些許光點。

「——居然連【替身寶石戒指】也重現了。」

迅速逼近的冒牌塔克揮出一劍，當場貫穿我的胸膛，我的ＨＰ就此歸零，只能乖乖倒下。

因為手邊沒有復活藥，再加上所有隊員全被擊倒，這場頭目戰便以失敗告終。

復活後的我們出現在廢棄古城前，一處廣場的安全區內。

與分身靈的首戰最終是以失敗收場。

其實我們在事前就已得知頭目是分身靈，而且是最強狀態下的玩家本身。

若要指出此次的敗因，就是明知此事卻沒有詳細討論並制定戰術。

●

「雖然這場打輸了，但下一次要如何取勝呢？」

提出這個問題的人是米妮茲。

塔克的神情十分僵硬，難得看他像這樣不發一語。

凱也保持沉默，但礙於全罩式頭盔的緣故，讓人無法窺視他的表情。

為了消弭吞下敗仗的凝重氛圍，當米妮茲語氣開朗地開口發問之後，我也順勢提出自己的見解。

「下次就事前做足準備再挑戰吧。諸如開戰前先服用強化藥丸或吃些可以提升能力值的料理。只要有足夠的素材，我就能幫忙製作。」

「而且我們還有天賦封印尚未解開，等到通通解開以後，能力值的落差就不會如此懸殊，相信下次一定能打贏的。」

瑪咪小姐繼米妮茲跟我之後，同樣以開朗的語調幫忙緩和氣氛。

「啊，那我想吃小云做的炸雞塊！妳之前用雞蛇做的炸雞塊真好吃。」

面對甘茲擅自指定餐點的不合時宜發言，大家紛紛露出苦笑。

當『慘敗給最強狀態的自己，就算再去挑戰也毫無勝算吧』的氛圍逐漸變淡之際，一直保持沉默的塔克開口說：

「大家先聽我說。」

「怎麼了？」

「凱、云，你們要不要試著獨自挑戰頭目？」

剛聽完這句話的我，一時之間無法會意過來。

起先還以為塔克是打算用這種拐彎抹角的說法把我們逐出隊伍。

「先、先等一下，此話怎——你這個反應是同意了嗎!?凱！」

凱在聽了塔克的建議後，不發一語地緩緩起身。

因為凱的臉被全罩式頭盔給完全遮住，害我分不清凱是感到生氣還是難過。

「那我先一個人去挑戰。」

「…………」

死亡懲罰結束後的凱在拋下這句話便脫離隊伍，獨自一人去挑戰以最強之姿現身的分身靈。

瑪咪小姐一臉擔憂地望著凱的背影。

米妮茲跟甘茲隨即上前質問塔克。

「塔克，你為何建議他們獨自一人去挑戰？」

「你們有注意到凱比起分身靈的他更經常承受傷害嗎？」

「對耶，經你這麼一提，他在方才的戰鬥中幫忙分擔很多傷害。」

我默默聽著塔克針對先前那場敗戰的總評。

「意思是單論操控技巧，凱遠遠凌駕在分身靈之上。但他剛剛行動時都著重於掩護後衛，導致他受到的傷害比分身靈更重。」

尤其是瑪咪小姐與分身靈的魔法在正面衝突時，直接承受殘餘的威力是不會致命，可是凱仍上前幫忙掩護，導致他比對手更快倒下。

「與分身靈交手的致勝關鍵，就在於必須隨時採取比對手更恰當的應對方式。我們之中沒能做到這點的就是云跟凱。」

啊～原來是這麼回事——我在聽完之後便稍稍釋懷了。

凱戰鬥時總是將注意力放在必須保護的後衛身上，也就是瑪咪小姐、米妮茲還有我，導致他打得綁手綁腳。

換作是單挑的話，也就能無須顧慮太多放手一搏。

生性冷靜又堅毅、格擋技巧高超到無與倫比的凱，就算對手是最強狀態的自己，必須在裝備和天賦都不如人的情況下戰鬥，他應該還是有能力與之一較長短。

一段時間後——

「結束了，輕鬆獲勝。」

進入古城時是頭戴全罩式頭盔的凱，因為天賦與道具的系統限制都已經解除，於是換回平日的裝扮來到我們面前。

看來他順利戰勝自己的分身靈了。

「歡迎回來，並且恭喜你通關喔。」

如此說著的瑪咪小姐上前迎接凱。

「云，你決定怎麼做？」

「什、什麼意思……？」

塔克接下來的提問，莫名令我有種被迫去面對自己下意識想逃避的問題。

「你是要先去挑戰？還是由我們先去？」

唉～他果然已把我排除在隊伍名單之外了。

害我覺得塔克是想以這種方式來嫌棄我是個拖油瓶。

「我、我在你們之後就好。」

「是嗎？那我們去去就來。」

「等、等等，塔克！」

對於塔克如此不顧情面的發言，米妮茲似乎想上前指責，我隨即默默地朝她搖搖頭。

甘茲與瑪咪小姐憂心忡忡地望著我，我回以苦笑便目送四人離去。

「……………」

「……………」

留在現場的我與凱就在如此微妙的氣氛之中，靜靜等待著塔克等人的結果。

雖然我很希望塔克等人能順利獲勝，心中卻又忍不住冒出『假如沒有我就取勝的話，等於間接證明自己是個拖油瓶』的想法。

經過一段漫長的沉默，當我快要承受不住這種尷尬氛圍之際，同樣被塔克建議去單挑頭目的凱突然主動找我攀談。

「塔克之所以建議我跟妳去單挑頭目，主要是考量到組隊時的效益。」

「效益？」

「我一如塔克點出的事實，身為肉盾卻並未採取能給隊伍帶來最大效益的舉動，因此才導致第一次的挑戰飲恨落敗。」

「沒那回事，你很努力在避免後衛受到攻擊呀。」

儘管我這麼安慰凱，但由於現場只有我跟凱兩人，因此他老實說出心底話。

「誠如塔克所言，我就連沒必要承擔的攻擊也一併扛下。不對，都怪我堅持不讓擔任後衛的瑪咪受到任何傷害，才導致不該倒下的我率先被敵人擊敗。」

「咦，你的意思是……」

「嗯，換句話說……一切都是思慕之情在作祟，所以塔克才要我自己去單挑。」

本以為凱是個一板一眼的人，但在聽完他出乎意料的自白後，我不由得眨了眨眼睛。

凱之所以拚了命想趕緊跟瑪咪小姐會合，就是因為他喜歡瑪咪小姐！

如今回想起來，凱的種種行為都有跡可循。

反觀瑪咪小姐……按照她過去的言行是並沒有排斥凱。

甚至應該對凱抱有好感才對。

「那個……這還真是令人訝異，那你會跟瑪咪小姐交往嗎？」

「沒那回事，公會成員或隊友之間談戀愛的話，很容易引發令大家拆夥的問題，所以我無法開口。」

沒想到即使兩情相悅也無法終成眷屬!?聽完如此勁爆的自白，我忽然覺得自己是不是隊伍裡的拖油瓶已經不重要了。

「先撇開此事不提，總之我是因為心態上的不成熟才輸給分身靈。反觀妳的情況就跟我不一樣了。」

「是啊……畢竟我完全是個拖油瓶，趕快切割總是比較好。」

我自嘲地說完後，凱狀似大感頭疼地皺起眉頭。

「妳果然誤會了。」

「誤會？」

「云，妳的天賦取向是走輔助系對吧？」

「是可以這麼說。」

被凱提醒之後，我想起自己創角當初的構想就是——徹底扮演一名輔助角色。

「輔助系是有了需要輔助的隊友才得以發揮出其價值。」

這句話再正確不過——如此心想的我，開始思索凱想表達的意思。

但在我想出答案之前，就已經輪到我上場了。

「云、凱，讓你們久等了，我們順利獲勝囉！」

塔克等人同樣戰勝了分身靈，成功通過天賦擴充任務。

不過相較於因為通關而眉飛色舞的塔克，米妮茲狀似有些惱怒，甘茲則露出莫名緊張的樣子。

以及一反先前的情況，這次換成凱上前迎接瑪咪小姐。

「啊～接下來就輪到我了。」

我簡短說完後，還來不及想明白凱的言下之意，就這麼孤身一人去挑戰自己的分身靈。

「小云妳等一下！」

背後傳來這道焦急的呼喚聲，但我當成了耳邊風，直接前去挑戰這次的頭目。

最強的自己隨即從魔鏡裡走出來，雙方就這麼展開對峙。

『喲～你這身打扮還真可愛嘛。明明之前不是非常排斥穿得跟女孩子一樣嗎？』

「唔！居然還會說話。看著其他人用自己的臉和聲音說話，這感覺還真怪耶。」

當初組隊挑戰時是一句話也沒說就開打，改成單挑後似乎就能跟自己的分身靈對話。

『憑你這種狀態也敢來挑戰最強的自己？難道是來送死的嗎？』

我的分身靈露出一臉訕笑，架起黑處女長弓瞄準我，我也拉開狙擊弓對準它。

「老實說，我想不出打贏你的戰術。」

『你當然是毫無勝算，因為我就是擁有最強裝備且隨時保持最佳表現的你啊。』

「最佳表現這句話就太誇大了。假使真如你所言，也就沒有任何玩家能打贏你了。」

關於分身靈的行為模式，我相信系統是採用一定強度以上的行動迴圈，並在容許範圍內重現目標玩家曾經有過的最佳表現。

此任務講求玩家能否展現出足以扭轉頹勢的戰鬥技巧，或是採取超乎分身靈想像的戰術。

PVP（玩家對戰玩家）的基本概念是採用對手最不擅長應付的打法，同時盡可能避免失誤。

我想以上就是這場頭目戰的致勝關鍵。

『那你就來打贏我看看啊——！《弓技・一箭穿心》！』

當我被個性如此好戰的分身靈稍稍惹毛時，這場戰鬥便正式開打——只不過我在一開始就落於下風。

縱使我想方設法從遠距離拉弓放箭、運用附魔提升能力應戰，或是發動攻擊魔法等五花八門的方式進攻，但無奈敵我雙方的能力值相差懸殊，再加上分身靈的攻擊手段更加豐富，導致我漸漸處於劣勢。

『怎麼啦!?有本事就證明我說的全是一派胡言啊——！《炸彈》！』

分身靈以爆破的粉塵阻擋視野，利用【夢幻居民】的妨礙認知功能來規避【識破】的偵測，就這麼悄然無息地接近我。

等我發現時，只見由下往上揮來的肢解刀已在眼前，逼得我連滾帶爬地急忙閃躲。

「等、我幾乎沒用過這種打法！結果你反倒比我更懂得如何駕馭妨礙認知斗篷！未免太卑鄙了吧！」

『住口！正所謂物盡其用！這就是我的原則！』

「嗯～這句話我是不否認啦。」

分身靈披著出自庫洛德之手的【夢幻居民】斗篷發動攻擊，我邊閃躲邊與它展開已經離題的爭論。

但我的分身靈並沒有因此減緩攻勢，逼得我只能繼續抱頭鼠竄。

在我思考該如何是好的同時，也稍稍理解凱想表達的意思了。

「啊～什麼嘛，原來是這麼回事。」

當我明白後，不由得揚起嘴角。

『你在笑什麼!?難道你還不明白自己已被逼入絕境了嗎？』

「凱說我是輔助系，原來是這個意思啊。」

塔克之所以建議我不要組隊，獨自一人來挑戰頭目。

原因是當我在隊伍裡時，我的分身靈會導致頭目們變得太強。

塔克建議我離開隊伍，並不是因為現在的我太弱了。

而是礙於我原本的長處才迫使他這麼做。

他其實對我在隊伍的貢獻上有著高度評價。

並非認為我是拖油瓶才把我踢出隊伍。

我在想通之後感到一陣安心，同時徹底看穿眼前這名分身靈的弱點。

「相較於跟人組隊，就算你宣稱是最強的我，但在看完你單打獨鬥的表現，也不過爾爾而已。」

『你少在那邊擺出一副高高在上的樣子貶低我！而且你這樣數落我，等於是在數落自己喔！』

暴怒的分身靈衝向我，將肢解刀劈了過來。

肢解刀砍入我的肩膀內，隨著短暫的抵抗，當它將刀一把從體內拔出來，我便失去所有的ＨＰ。

『哼，根本沒嘴上說得那麼厲害嘛。』

分身靈對著倒下的我，抛出這句我滿常說的口頭禪。

這是我本日第二次的死亡。

必須承受死亡懲罰的我，隨即復活在廢棄古城前的廣場上。

下一刻——

「云，抱歉！都怪我措辭不夠恰當！我不是因為嫌你礙手礙腳才建議你去單挑頭目！」

塔克劈頭就向我鞠躬道歉，嚇得我不禁眨了眨眼睛。

當我為了尋求解釋而將目光飄向周圍，只見米妮茲氣呼呼地站在塔克身後。

相較於米妮茲的反應，甘茲躲到一旁瑟瑟發抖，凱與瑪咪小姐則露出有些傻眼的表情。

「就算你們是兒時玩伴，只要沒把話講清楚，對方終究無法明白你想表達的意思！這件事你可知道嗎!?」

「在你們攻略分身靈的期間，云其實顯得相當沮喪。」

米妮茲訓斥完之後，凱也在一旁助攻。

假如沒聽凱說的一席話，我確實會以為自己是個拖油瓶，直到現在也無法釋懷吧。

儘管塔克當初說得太過簡短，但我已經得知他真正想表達的意思，所以沒必要繼續自尋煩惱。

不過——

「《附魔》——攻擊！」

我替自己施加攻擊附魔，將手伸向仍維持鞠躬姿勢的塔克。

然後將力量凝聚於指頭上，朝著恰好把頭伸在極佳位置上的塔克使出一記彈額頭。

「好痛！」

「好痛!?」

「喔，聲音還真響亮耶。」

隨著彈額頭發出的清亮聲響，塔克站直身子稍稍後仰，就這麼和我對視。

「這是對你的小小懲罰。雖說這次就這麼放過你，但你下次可要顧慮一下對方的感受，將理由好好說出來解釋清楚。」

至於我嘛……還是會原諒你啦——我輕聲補上這麼一句。

面對站在塔克身後露出一臉賊笑，望向我的米妮茲和甘茲，我回了他們一道白眼。

塔克則因為沒想到只挨了一記稍微用力的彈額頭就能獲得原諒，就這麼目瞪口呆地摸著自己的額頭。

「小云妳太善良了啦！而且太天真了！那我在這段期間就繼續拿這件事來捉弄塔克吧。」

「喔，聽起來挺有意思的！那我也去四處宣揚說塔克惹兒時玩伴小云很難過！」

米妮茲與甘茲發現我不再哀傷或惱怒之後，這才終於放鬆表情，並且開始捉弄塔克。

「啊，喂，你們兩個別真的那麼做喔！這可不是鬧著玩的！尤其是傳進小繆跟賽伊姊的耳裡會非常不妙！當然被其他人知道也十分糟糕！」

我被真心一臉焦急的塔克逗得露出苦笑，待在旁邊看著的凱和瑪咪小姐則是完全支持這個說法地點頭以對。

「要是你覺得被我彈一次額頭仍有所愧疚的話，可以麻煩你幫忙收集我想要的素材嗎？」

「唔、嗯，包在我身上。」

塔克看著臉上浮現微笑的我，略顯尷尬地點頭答應。

雖然他剛聽見我指定的各種素材顯得相當困惑，但在我解釋完之後，他馬上就會意過來了。

不只是塔克，已經通過天賦擴充任務的甘茲和米妮茲他們，也一起幫忙我突破難關。

●

先一步獲得第十二個天賦裝備格的塔克、甘茲以及凱，在小試身手的同時幫我收集各個ＭＯＢ的素材。

至於米妮茲和瑪咪小姐則和我組隊，陪我去解任務增加切換裝備天賦的次數。

經過四天的準備，我再次前去挑戰自己的分身靈。

「云，你加油喔。」

「嗯，我這次不會輸了。」

語畢，我便邁步走進廢棄古城。

一來到大廳，我的分身靈便從巨大的魔鏡裡現身。

『你又來啦，還真是不知死活耶。』

我對著放話完便擺出相同戰鬥姿勢的分身靈說：

「我這次一定會贏。」

『這是不可能的，因為我是最強的你，是你的最強型態！除了是最強的弓箭手與暗殺者，也是組隊時最強的輔助系。』

分身靈大搖大擺地誇下海口，那嘴臉果然只讓人覺得很不爽。

無論是身為最強型態的我，或是最強等形容，我很清楚自己完全配不上那些稱號。

「我哪可能是最強嘛，比我強的玩家大有人在。」

『話雖如此，就憑那麼弱小的你是打不贏我的。』

我忍不住對出言挑釁的分身靈發出一聲嘆息。

「確實換作是從前的我，不管來挑戰幾次都沒有勝算。」

『那你幹麼還來挑戰？明明你也知道自己必輸無疑啊。』

「可是……既然只需打贏你一次就好，我倒是有穩贏不輸的信心。」

為了結束這場毫無意義的爭論，我從所持道具欄裡拿出這幾天準備好的各種道具。

這些是用來召喚合成MOB的核石，我拋向周圍大聲一喝。

「出來吧——！《召喚》！」

我召喚出各式各樣的合成MOB。

諸如沒有固定形體的巨大史萊姆、各屬性的獸系MOB、擁有人形的人偶系MOB、植物系MOB、盤旋於半空中的鳥系與昆蟲系MOB，迅速上前將分身靈團團包圍。

『這、這些傢伙是怎麼回事!?』

「我在廢棄城鎮裡仔細探索之後，被我發現【鍊金】和【合成】的生產設備，真是幫了我一個大忙。也多虧塔克他們幫忙收集素材，才讓我能準備這麼多的打手。」

『你竟然仰賴這種方法！難道沒有身為弓箭手的尊嚴嗎!?』

分身靈氣得對我破口大罵。

縱使世人將弓系天賦評為廢渣天賦，我卻還是一路使用到現在。

原因是我仍抱有一絲微不足道的堅持和尊嚴。

不過——

「我的本分並非弓箭手或暗殺者——而是生產職業。奉勸你別搞錯這點，分身靈。」

我原本是輔助型的生產系玩家。

無法準備以及使用道具的分身靈自然不能成為生產職業。

必須與我單挑的它，同樣無法有效發揮在隊伍裡擔任輔助角色的本事。

「你最好別小看生產職業——去吧！」

在我一聲令下，合成ＭＯＢ軍團立刻襲向我的分身靈展開圍攻。

『這群小嘍囉是怎樣!?可惡！少礙事！《附魔》——攻擊、防禦、速度！』

分身靈似乎驚覺長弓會應接不暇，於是馬上換成肢解刀。

然後幫自己附加三重附魔，不停揮舞手中的肢解刀。

儘管蜂擁而上的合成ＭＯＢ逐一倒下，不過分身靈也接連受到傷害。

當合成ＭＯＢ倒下化成光點消失後，立刻又有其他合成ＭＯＢ補上空缺。

分身靈有裝備能抵擋致命傷害的【替身寶石戒指】，但在我一開場就祭出的人海戰術之下，抵擋次數馬上就被耗盡，再無任何反應。

而且——

「《空間附魔》——攻擊、防禦。」

待在後方的我還幫視野內所有合成ＭＯＢ都施加附魔，藉此提升它們的戰力。

『這麼無恥的戰鬥並不是我想要的！你應該正大光明與我戰鬥！設法僅憑一己之力跨越最強的自我！』

「你這個分身靈終於露出本性了。」

分身靈聽見我的提醒，懊惱地咬緊牙根。

『我不會認同的！我絕不認同這種打法！有本事就自己來跟我戰鬥！』

「我又不是傻子，誰要跟你硬碰硬啊。」

更何況我的分身靈老是在那邊自稱最強，但能力值終究只落在一般玩家的範疇內。

單論能力值的話，比玩家強大的ＭＯＢ是多不勝數。

以玩家的角度來看，如果裝備相似的天賦，攻擊手段和戰術也會十分相近。

因此就算分身靈穿戴比我強的裝備在身上，到頭來也只不過是一個天賦跟能力值比較出色、由電腦所操控的玩家罷了。

『為什麼!?為何你不靠自己戰鬥!?你就是我吧！快拿起你的弓！拔出你的菜刀！使用魔法來戰鬥！』

「啊～抱歉，你現在這樣要求我有點強人所難。」

沒有表現出一絲歉疚感的我，開始確認自己所裝備的天賦。

所持SP27

【千里眼LV27】【識破LV38】【魔道LV33】【附加術士LV11】

【鍊金LV50】【合成LV50】【捷足LV31】【封印】【封印】

【封印】【封印】

待裝備

【弓LV55】【長弓LV42】【魔弓LV26】【大地屬性才能LV15】

【念力ＬＶ9】【物理攻擊上升ＬＶ26】【調藥師ＬＶ30】【雕金ＬＶ43】
【調教ＬＶ41】【廚師ＬＶ20】【生產職業的心得ＬＶ27】【游泳ＬＶ18】
【語言學ＬＶ28】【登山ＬＶ21】【肉體抗性ＬＶ5】【精神抗性ＬＶ4】
【先發制人的心得ＬＶ17】【弱點的心得ＬＶ15】

「我現在沒有裝備弓系、攻擊魔法以及【廚師】等天賦，就只是採取換成誰都能得到相同結果的戰術罷了。」

其實我也覺得這種打法相當卑鄙。

面對以個體出現的分身靈，我召喚出一大堆能擔任砲灰的合成ＭＯＢ來執行人海戰術。

就算分身靈射箭狙擊我，不怕死的合成ＭＯＢ也會挺身擋住飛箭保護我。

『你明明如此強悍卻這麼作踐自己！竟以這種卑劣手段對待身為你的我！』

「我對於自己的弱點是再清楚不過，就連要從哪裡、以何種方式進攻就會應付不來也瞭若指掌。」

語畢，我讓合成ＭＯＢ們往內逼近分身靈，讓包圍網變得更加密不透風。

分身靈想運用【妨礙認知】防具執行偷襲或狙擊戰術，無奈想實現上述打法的前提是當事者能夠自由移動。

若是沒有充足的移動空間，【妨礙認知】根本無法發揮效果。

『這已經算不上是試煉了──！《弓技・疾風一陣》！』

發飆的分身靈不再與接近的合成ＭＯＢ纏鬥，而是架起長弓放箭。以飛射的箭矢為中心產生一道風壓，令阻擋在前的合成ＭＯＢ們紛紛化成光點。

包圍網就此被撬出一個洞，箭矢貫穿無數的合成ＭＯＢ刺入我的肩膀，迫使我不得不倒退一步。

分身靈得意地揚起嘴角，我卻立刻站穩身子，抬頭望向分身靈。

「你很清楚這種程度的攻擊殺不死我吧。」

『可惡！』

我的確有受到傷害，但由於這招武技的威力已被大量合成ＭＯＢ削弱，甚至無法耗掉我兩成的ＨＰ。

分身靈運用武技殺出一條血路，只可惜在發動武技後都有硬直時間，令它暫時無法行動。

其他合成ＭＯＢ趁著這段期間堵住包圍網的缺口，而我則是悠悠哉哉地喝下一瓶藥水恢復傷勢。

「戰況又變得和之前一樣囉。」

『住口！那我只要打倒所有的合成ＭＯＢ就可以殺死你！畢竟現在的你沒有任何攻擊手段！』

分身靈放聲怒吼，再次拔出肢解刀斬殺合成ＭＯＢ。

分身靈的另一個弱點就是缺乏必殺絕招，但以能力配置上來說，我也是半斤八兩。

它在遭受圍攻後沒多久就險象環生，仍拚了命想殺出重圍。

不過——

「這些是追加的部分！我還有許多核石能補充喔——！《召喚》！」

素材是塔克等人分頭幫我收集的，因此我還有許多用來召喚合成ＭＯＢ的核石。

即便分身靈真把現場的合成ＭＯＢ通通打倒，我還是可以運用核石召喚出比眼下數字多出五倍的合成ＭＯＢ。

『這未免……』

看著周圍那些不斷減少的合成MOB，分身靈原本還抱有一絲希望吧。

可是當我追加比先前更多的合成MOB上場之後，它很清楚自己最終只會被圍毆至死。

對此——

「我就順便讓你欣賞一下這玩意兒吧——！《召喚》！」

為了挫挫分身靈的銳氣，我在包圍網後方召喚出三尊鋼鐵魔像。

它們並非合成MOB，而是鍊金MOB。

這是透過【鍊金】天賦，運用【高等轉換】以十個稀有素材為代價製作出魔像祕石，再以此進行召喚的MOB。

由魔像祕石加鐵錠召喚出來的鍊金MOB，都是屬於成長型MOB。

擔任核心的祕石會累積戰鬥經驗，動作將變得越來越靈敏，另外召喚時搭配的素材越高級，出現的MOB就會越強大。

儘管終究比不上精通此門道的艾蜜莉同學，而且它們都還是剛誕生不久尚未鍛鍊過的鍊金MOB，但拿來嚇唬人依舊效果十足。

『這、這太勉強了，我哪可能打得贏它們……』

痴痴仰望三尊鋼鐵魔像的分身靈，就這麼被合成MOB給淹沒，HP隨著時間不斷下降。

「在這種情況下，你是絕無可能打倒我的。」

縱使用【千里眼】搭配炸彈魔法施展定點爆破或多重引爆，卻需要花費一小段時間集中精神才能夠發動。

換作是以往的我，一定會死命逃跑爭取些許的空檔使用這招，不過分身靈沒有逃跑的選項，就只能針對眼前戰況採取最恰當的應對方式。

而且合成MOB也會趁它發動魔法產生破綻時上前攻擊，立刻打斷它的行動。

就算萬一真被它得逞，該魔法也不足以造成致命傷，我只要喝個藥水就復原了。

『啊～沒救了……這真是一場糟糕的對決，勝負竟在開打前就已經註定。我承認是我輸了，真虧你能想到如此低級的取勝方式。』

分身靈在死前酸了我最後一句之後，當場倒下化成光點消失了。

而我最終的感想是……真是個比想像中更容易擺平的頭目。

終章　第十二格天賦與小庭園

系統訊息

・NEW：已通過天賦擴充任務【來自鏡中存在的挑戰書】。

・NEW：天賦、裝備以及道具的限制全數解除。

任務報酬的五種紋章已追加於紋章收藏冊內。

・NEW：開放第十二格天賦。

・NEW：取得第十二個天賦裝備格的額外獎勵，可在無須消耗SP的前提下獲得一種天賦。

當我打倒分身靈的同時，選單內出現上述系統訊息。

在確認完報酬和過去的天賦擴充任務毫無分別後，我點了點頭馬上把防具從女騎士套裝切換成黃土．創造者。

看著剛取得的【廢墟】、【城】、【鎮】、【封印】以及【影】這五種新紋章，相信運用這些組合能令【星門】生成更多不同的區域。

不過在此之前——

『啾～』

「嗚哇!?柘榴！」

道具限制才剛解除，柘榴就擅自從召喚石裡跑出來，直接撲進我的懷裡。

利維也慢半拍地自行現身。

只是牠稍微倒退一步，望著打倒分身靈就佇立於原地的大量合成MOB與三尊鋼鐵魔像，朝我露出一道質疑的目光。

「啊哈哈哈……」

我回以苦笑並發出無奈的嘆息後，利維慢慢地走近我。

「我是不是做得太過火了？」

我透過《送還》讓除掉目標等待著下個指示的合成MOB們都變回核石。

「唉～得把核石通通回收才行。」

忍不住在心中抱怨善後工作比打倒分身靈還麻煩的我，在利維和柘榴的幫忙之下，把落於地面的核石通通撿回來。

等我回收完所有的核石並離開廢墟古城時，發現塔克一臉憂心忡忡地在入口處等我歸來。

「云，恭喜你通過天賦擴充任務。不過瞧你久久都沒出來，我可是很擔心喔。」

「抱歉，是善後工作花了我不少時間。」

我對表示關切的塔克稍作解釋。

相較於單挑的凱與四人聯手挑戰頭目的塔克等人，我花了近乎他們兩倍的時間才完成任務。

「恭喜妳喔，小云！如此一來，說妳是能裝備十二個天賦的頂級玩家也不為過吧？」

米妮茲繼塔克之後前來迎接我。

甘茲、凱以及瑪咪小姐也依序恭喜我順利通關。

接著大家都想詢問我是如何打贏分身靈。儘管我在事前已向他們解釋過自己的戰術，不過聽說分身靈是被大量合成ＭＯＢ圍剿至死之後，眾人紛紛露出傻眼的表情。

「那我先回去囉，畢竟天賦擴充任務已經完成，沒必要繼續待在這裡了。」

「云，先等一下。」

在我準備以傳送用臺座返回【星門】之際，塔克忽然叫住我。

「即使任務已經結束，我們卻還沒一雪前恥喔？當初一起組隊時是敗給了分身靈們，不過我們現在已能裝備十二個天賦，身上裝備也沒有限制，這次可以卯足全力去挑戰自己的分身囉！」

塔克拋出這段話後，伸手指向能再次挑戰分身靈的廢棄古城。

「咦～我不要，畢竟這裡已經沒有任務要完成了吧？」

系統說過這片專為天賦擴充任務所打造的區域，就算完成任務之後還是可以供人探索。

問題是這點小事無法構成我繼續逗留在此的理由。

「咦～我們就再挑戰一次嘛！反正妳當初被塔克建議獨自去挑戰頭目時受到不小的打擊吧？就趁此機會讓塔克刮目相看呀！」

「況且又追加這麼廣大的區域給人趴趴走！我可是還沒玩過癮喔！」

米妮茲與甘茲等人也提議重新挑戰分身靈們。

「真拿你們沒轍耶。好吧，但只准一次而已喔。」

「沒問題！畢竟之前沒有規劃好戰術，這次就做好準備再挑戰吧！」

眾人見我同意之後，興奮地開始討論再戰分身靈們的作戰計畫，並前去發起挑戰。

但由於我方的道具已經解禁，因此分身靈們也可以使用我們所擁有的部分道具，甚至天賦裝備格同樣擴充至十二格，導致敵我雙方演變成激烈的持久戰。

而且雖然裝備解禁，但不是此區域內取得的消耗型道具依舊禁用，令我方陷入苦戰。

多虧米妮茲不久前學會的復活魔法，打到最後，我幾乎記不清塔克等人已被復活多少次。

每當塔克他們有人倒下要被復活之際，我就會上前負責掩護，並且無論如何都至少要保住米妮茲別讓她被打倒。

最終是在所有人都打到灰頭土臉的情況下勉強取勝。

「啊哈哈哈！這是啥鳥戰鬥啊！就算贏了也沒有任何好處！」

擴充完天賦再來挑戰分身靈們，即使打贏也拿不到任何掉落道具或報酬。

面對這場完全只是自我滿足的戰鬥，大家忍不住放聲大笑，而這次的天賦擴充任務至此劃下句點。

●

「嗯～真喜歡這裡如此安靜呢～」

準週年慶改版相關活動所引發的騷動已逐漸平息，完成天賦擴充任務【來自鏡面存在的挑戰書】的我，終於能夠像這樣與利維以及柘榴一起悠哉度日。

我坐在屋內的椅子上，邊喝茶邊翻閱【趣味道具全集】，若是累了就扭頭欣賞外頭的風景。

環狀傳送裝置【星門】就位於這間屋子外面的不遠處，能看見瑪琦小姐與艾蜜莉同學緩緩走了過來。

「你好呀，云小弟，真虧你能發現這麼棒的地點呢。」

「哈囉，另外恭喜你完成天賦擴充任務。其實我也通過了喔。」

此區域的紋章詞綴是我發現的，因為我非常喜歡這裡，便將詞綴分享給瑪琦小姐和艾蜜莉同學並邀請兩人過來。

「歡迎二位，快請進吧。」

我打完招呼便闔上手中的書本，然後拿茶點招待走進屋子，分別找張椅子坐下的瑪琦小姐與艾蜜莉同學。

「小艾，謝謝妳帶我來這裡。」

「瑪琦小姐客氣了，畢竟我也有缺少的紋章，而且我很高興能幫上妳的忙喔。」

兩人說完便開始張望四周，最終將目光對準位於城牆內側的一座庭園。

這裡是我利用天賦擴充任務報酬的【城】之紋章，搭配【極小】和【泉】之紋章所發現的區域。

涓涓流水注入城牆內側的池塘裡，形成這座開滿小花的美麗庭園。

瑪琦小姐正好擁有【極小】和【泉】之紋章，再加上艾蜜莉同學完成【來自鏡面存在的挑戰書】任務所取得的【城】之紋章，兩人便順利來到此處。

「云同學你提供的攻略情報真是幫了大忙呢，讓我得以輕鬆完成這次的天賦擴充任務，甚至還覺得有點缺乏挑戰性。」

「啊哈哈，我就只是把自己發現的事情告訴妳，順便介紹當時結識的玩家們而已。」

之後同樣隻身挑戰【來自鏡面存在的挑戰書】的艾蜜莉同學，也順利通關了。

艾蜜莉同學在我的建議下，也決定避免與身為頭目的分身靈硬碰硬，而是和我一樣以合成MOB的人海戰術取得勝利。其中最令我印象深刻的部分，就是她聊完此事在臉上浮現的那個苦笑。

瑪琦小姐喝完茶喘口氣之後，便說出此行的來意。

「雖說遲了一段時間，但云小弟你拜託我的東西已經完成了，你快收下吧。」

瑪琦小姐取出我寄放在她那裡的切肉刀，以及我愛用卻不慎損壞的十字鎬。

上述裝備原本都是黑鐵製，因為我最近成功取得【隕星鋼】，於是委託瑪琦小姐幫忙修理和升級。

至於成品——

切肉刀・重黑【武器・菜刀】

ATK＋75　SPEED－7　追加效果：DEX加成、暗屬性加成（中）、裝備重量減輕（小）

瑪琦小姐的採礦用十字鎬【武器・十字鎬】

ATK＋99　SPEED－15　追加效果：耐力提升（大）、採礦速度上升（中）、採礦加成（小）、裝備重量減輕（小）

「切肉刀比之前來得輕，相信你使用起來會更得心應手。另外我還有添加你之前送我的魔法藥粉，讓它附加【暗屬性加成】，以武器而言也具備相當出色的性能。」

「謝謝妳，瑪琦小姐，感覺這把菜刀變得很厲害耶。」

問題是我也只會拿它來做菜呀——我回以苦笑的同時，因為它揮起來既輕又鋒利，令我不禁考慮把它當成柴刀或斧頭的代用品。

「接下來是採礦用的十字鎬。因為你沒有對應的天賦，拿它當武器無法產生攻擊判定，不過我有幫你附加適合採礦的追加效果。」

「這部分也同樣真的很感謝妳。」

如此一來，採集精金礦石時就不會再出狀況了。

說完正事後，我們三人悠哉地喝著茶，在享受美麗景致的同時，聊聊各自的近況。

瑪琦小姐表示她同樣用【隕星鋼】幫露嘉特等人改造完裝備，並把成品交給對方了。另外庫洛德也有去協助利利打造加利恩帆船，過程似乎都相當順利。

艾蜜莉同學則是將蕾緹雅孵化的水龍幼獸・卯月的近況照片，拿來與我們分享。

「嗚哇～她透過【星門】帶卯月去湖裡游泳啊。好可愛喔～」

「對呀，而且牠還會回收自己在湖底發現的道具喔，真是好聰明呢。」

根據當時也在現場的艾蜜莉同學所述，卯月幫忙找來各式各樣的素材，結果蕾緹雅卻表示倒不如魚蝦之類的食材會更好。我聽完不禁輕笑出聲，想想還真符合蕾緹雅的作風。

就在這時，瑪琦小姐似乎想到什麼，向我和艾蜜莉同學提問說：

「對了，云小弟你跟小艾都已經解開第十二格天賦了吧？」

我與艾蜜莉同學點頭以對，瑪琦小姐便繼續追問。

「雖然我還沒解完任務，但你們的獲取新天賦獎勵已經用掉了嗎？」

天賦擴充任務除了能增加一格天賦裝備上限以外，還有無須消費ＳＰ即可獲取新天賦的額外獎勵。

「我是選了單純用來提升能力值的天賦，畢竟這種類型無須擔心會選錯。」

艾蜜莉同學以穩妥的方式，已將獲取新天賦的額外獎勵用掉了。

我以前挑了【念力】這項天賦時，繆他們聽完的反應有些微妙，因此這次——

「因為我的【鍊金】跟【合成】天賦都達到五十級，融合上述兩者的天賦已經出現，所以我是打算選它。另外也考慮獲取新天賦【匿蹤】。」

對於我挑選【鍊成】天賦，瑪琦小姐和艾蜜莉同學是可以理解，但在聽我提到【匿蹤】天賦是大感納悶。

「云小弟，我可以理解你想獲取進階的【鍊成】天賦，不過你為何會考慮【匿蹤】？你現在應該已經具備相當高端的匿蹤能力了吧。」

「對呀，記得利維還會隱身不是嗎？這麼一來就沒必要特別獲取【匿蹤】吧？」

我之所以會挑選【鍊成】，是因為前置天賦的等級好不容易練得很高，而且我也很想跟艾蜜莉同學一樣，能施展復活MOB的技能‧【復活鍊成】。

不過想獲取融合兩種天賦的進階天賦得花費五點SP，我是為了節省SP才考慮把取得新天賦的額外獎勵用在這裡。

瑪琦小姐和艾蜜莉同學對於上述解釋一聽就懂。

反觀獲取【匿蹤】天賦，單就必要性而言是完全沒有。

「我在跟自己的分身靈交手時注意到一件事，就是裝備妨礙認知斗篷的對手非常難纏，感覺上就像是敵人一瞬間從眼前消失不見。」

兩人聽完我說的內容頻頻點頭。

「假如這時再加上天賦所提供的效果會變成怎樣？與其說我對此感到有些好奇，不如說是抱有憧憬吧。」

她們見我難為情地稍稍歪過頭去，紛紛換上柔和的表情。

「想想這挺符合你的風格，既然是基於憧憬就儘管去做吧。」

「就是說呀，而且來無影去無蹤、射完一箭就消失的狙擊手，想想還滿嚇人的。」

「這聽起來還滿酷的耶。」瑪琦小姐聽完艾蜜莉同學半開玩笑的感想後大表贊同。

我在對自身發言感到稍稍害臊的同時，仍繼續與兩人談天說地。
然後我們又重新回到以往的絕對神境裡。
現在已是四月下旬，不久後就是黃金週了。
很快就要迎來【八百萬神】公會所舉辦的遠征。

——能力值——

NAME：云
武器：黑處女長弓、沃爾夫司令官之長弓
副武器：瑪琦小姐的菜刀、切肉刀·重黑、肢解刀·蒼舞
防具：CS（庫洛德系列）No.6黃土·創造者（夏服、冬服）

飾品裝備容量（6／10）
·精靈環（1）
·替身寶石戒指（1）
·園藝地輪具（1）

・夢幻居民（3）

所持SP27

【長弓Lv42】【魔弓Lv26】【千里眼Lv27】【識破Lv38】
【捷足Lv31】【魔道Lv33】【大地屬性才能Lv15】【附加術士Lv11】
【調藥師Lv30】廚師Lv20】【鍊成Lv1】【匿蹤Lv1】

待裝備

【弓Lv55】【調教Lv41】【念力Lv9】【物理攻擊上升Lv26】
【雕金Lv43】【生產職業的心得Lv27】【游泳Lv18】【語言學Lv28】
【登山Lv21】【肉體抗性Lv5】【精神抗性Lv4】
【先發制人的心得Lv17】【弱點的心得Lv15】

準週年慶改版後的成果——

・切肉刀、採礦用十字鎬已透過【隕星鋼】升級。

・獲得【紋章收藏冊】，藉由交易取得多種紋章。

・經由【星門】擴大可探索的範圍。
・解開第十二個天賦裝備格。
・取得【鍊金】天賦與【合成】天賦融合後的進階天賦・【鍊成】。

後記

初次接觸本作與好久不見的讀者們大家好，我是アロハ座長。

對於翻閱本書的讀者們、O責編、為本作繪製精美插畫的ゆきさん老師以及推出實體書前已在網路上閱讀過本人拙作的讀者們，個人在此獻上最深的感謝。

絕對神境漫畫版由羽仁倉雲老師作畫，正在Dragon age上連載中，大家可以在此處看見改編成漫畫的云等人可愛的模樣和各種活躍。

另外本人還有另一部系列作《魔物工廠（暫譯）》，如果大家願意支持將是我的榮幸。

我在這本第十四集裡稍稍改變寫作風格，以著重在再次體驗過去的方式來撰寫。

絕對神境系列已連載頗長一段時間，云一路走來也逐漸成長。

他在歷經與強大頭目的戰鬥，並通過各式各樣的活動任務與副本之後，儘管當事人仍沒有自知之明，但我相信他已是絕對神境裡頗具實力且受到世人注目的玩家之一。

頗具實力……這種形容方式也挺有云的風格呢。另外他終究是生產系玩家，感覺戰力自然仍不及鑽研戰鬥方面的玩家們，儘管他在本書裡是所有能力都被封印，卻還是勇往直前。

我在寫作期間也回想起自己當初創作時所遭遇的挫折，但依然有把握住絕對神境特有的爽快感。

為了回想起初期的云，希望大家可以去購買現在已經推出的漫畫版來翻閱。

敝人アロハ座長在此懇請各位今後也多多指教。

至於最後，我想再度感謝每一位拿起本書閱讀的讀者們。

期待日後還可以再見到大家。

二〇一七年　十一月　アロハ座長

國家圖書館出版品預行編目資料

Only Sense Online 絕對神境 / アロハ座長作；御門幻流譯. -- 1 版. -- [臺北市]：城邦文化事業股份有限公司尖端出版：英屬蓋曼群島商家庭傳媒股份有限公司城邦分公司發行，2022.07
冊；　公分
譯自：オンリーセンス・オンライン
ISBN 978-626-338-015-8（第 14 冊：平裝）

861.57　　111007141

浮文字
Only Sense Online 絕對神境⑭
（原名：オンリーセンス・オンライン14）

著　　者／アロハ座長
繪　　者／ゆきさん
譯　　者／御門幻流
執 行 長／陳君平
榮譽發行人／黃鎮隆
協　　理／洪琇菁
總 編 輯／呂尚燁
美術總監／沙雲佩
美術編輯／陳聖義
執行編輯／曾鈺淳
企劃宣傳／楊玉如、施語宸、洪國瑋
國際版權／黃令歡、梁名儀
文字校對／施亞蒨
內文排版／謝青秀

出　　版／城邦文化事業股份有限公司 尖端出版
台北市中山區民生東路二段一四一號十樓
電話：（〇二）二五〇〇—七六〇〇
傳真：（〇二）二五〇〇—二六八三
E-mail: 7novels@mail2.spp.com.tw

發　　行／英屬蓋曼群島商家庭傳媒股份有限公司城邦分公司 尖端出版
台北市中山區民生東路二段一四一號十樓
電話：（〇二）二五〇〇—七六〇〇（代表號）
傳真：（〇二）二五〇〇—一九七九

中彰投以北經銷／楨彥有限公司（含宜花東）
電話：（〇二）八九一九—三三六九
傳真：（〇二）八九一四—五五二四

雲嘉以南／智豐圖書有限公司
（嘉義公司）電話：（〇五）二三三—三八五二
傳真：（〇五）二三三—三八六三
（高雄公司）電話：（〇七）三七三—〇〇七九
傳真：（〇七）三七三—〇〇八七

香港經銷／一代匯集
香港九龍旺角塘尾道六十四號龍駒企業大廈十樓 B&D 室
電話：（八五二）二七八三—八一〇二
傳真：（八五二）二七八二—一五二九

新馬經銷／城邦（馬新）出版集團 Cite（M）Sdn. Bhd.
E-mail: cite@cite.com.my

法律顧問／王子文律師 元禾法律事務所
台北市羅斯福路三段三十七號十五樓

二〇二二年七月一版一刷

■中文版■

郵購注意事項：
1.填妥劃撥單資料：帳號：50003021戶名：英屬蓋曼群島商家庭傳媒(股)公司城邦分公司。2.通信欄內註明訂購書名與冊數。3.劃撥金額低於500元，請加附掛號郵資50元。如劃撥日起 10～14日，仍未收到書時，請洽劃撥組。劃撥專線TEL：(03)312-4212 ・ FAX：(03)322-4621。E-mail：marketing@spp.com.tw